场雪正在降临

梁潇霏 著

长江出版传媒
长江文艺出版社

目 录

辑一　朝日殿夜雨

秋分 / 003

寒露 / 004

我踏上一座岛屿 / 005

春天就像第一次来到 / 006

扇子 / 007

烧玉米 / 008

蝴蝶的嬉舞 / 010

台风狮子山 / 011

梦的游戏场 / 012

拥抱 / 013

雪地上的黑兔子 / 015

我仰头寻找树上的小鸟 / 016

又一位诗人走了 / 017

赠予 / 018

大寒 / 019

一夜 / 020

苍蝇及其他 / 022

下雨的时候 / 023

邀请 / 024

她宁愿，他们从没有遇见过 / 025

魔幻温泉 / 026

白鹭飞天 / 028

阳光不锈 / 030

湄公河日出 / 031

陀螺 / 033

泥瓦匠 / 034

黑森林 / 035

壁虎之死 / 036

舌头 / 037

采野菜 / 038

怜惜 / 039

在有人频繁来到的梦里 / 040

朝日殿夜雨 / 041

辑二　大蓟归心

雨中丁香 / 045

野鸭飞过 / 046

小憩 / 047

蜂鸟 / 048

四音节鸟鸣 / 049

蚂蚁在芍药花苞粉红色山头上 / 050

鸟儿天一亮就叫 / 051

原谅我不是一棵樱桃树 / 052

夏黑 / 053

朝阳夜跑 / 054

蓝色的窗口 / 055

沙峰 / 056

车行草原 / 057

在科尔沁草原醒来 / 058

旅行者从梦中回来 / 059

窗外 / 060

过敏 / 061

羞耻 / 062

雨的意义 / 063

一只蝴蝶长着老虎的斑纹 / 064

太阳的金粉笔 / 065

蜻蜓的影子 / 066

雨后，一只蜻蜓挂在樱桃树上 / 067

白杨树的花朵 / 068

波斯菊 / 069

假如我们不知道是秋分 / 070

被割掉的百日草 / 071

错过 / 072

死亡让蓝蜻蜓静止下来 / 073

雪床 / 074

雪后窗前的猫 / 076

花母牛 / 077

雪灯 / 078

说梦 / 079

乡村雪夜 / 080

大蓟归心 / 081

雪 / 083

辑三　墙上倾斜的油画

稻草雪人 / 089

雨打芭蕉 / 093

蓟语 / 094

蓝血月 / 095

招魂曲 / 096

火中生莲 / 097

我憎恶虚假的光明 / 098

父亲的爱 / 099

亮相 / 100

五月 / 102

小黄猫 / 103

祖母的芍药 / 104

梦境之证 / 105

善邻 / 107

花事 / 108

墙上倾斜的油画 / 109

乡村 / 112

苹果 / 113

魔术师 / 114

黄金的蜜糖 / 115

三棵树 / 116

闭嘴 / 117

梦见 / 118

财富 / 119

秋天的太阳催熟了大地 / 120

蝴蝶与枯叶 / 121

蚱蜢 / 122

红发卡 / 123

十一月 / 124

冬天，花盆里生出几只小蚂蚱 / 125

初冬，一朵花红了 / 126

冬雨 / 127

石头从未说话 / 128

热带鸟 / 129

球形大剧院 / 131

心理辅导 / 132

梦见一场考试 / 134

冬至的雪 / 135

辑四　复活的蔷薇

鸭母河 / 139

雨林密码 / 140

看见，看不见 / 141

花蜜鸟 / 142

我钟情 / 143

我失去的孩子们 / 144

十月初雪 / 145

奇特的朋友 / 146

一场雪正在降临 / 149

月亮河 / 150

一匹马 / 151

逝者如斯 / 152

故事 / 153

狐仙 / 154

复活的蔷薇 / 156

老式蛋糕 / 157

五一节想起父亲 / 158

如果上帝的箱子空空如也 / 160

雨的消息 / 161

自由 / 162

蜜蜂是神派来的 / 163

不速之客 / 164

领地 / 165

辑五　花楸与喜鹊

一只蜜蜂落在我的手上 / 169

每一朵玫瑰都是纯洁的 / 170

一条上钩的鱼 / 171

蜜蜂直升机 / 172

院子里有许多鸟 / 173

小人 / 174

北戴河诗篇 / 175

七月的礼物 / 176

昙花 / 177

猫头鹰 / 178

雾 / 179

孤独 / 180

秋后 / 181

猫说 / 182

花楸与喜鹊 / 183

我看见你，像是另一个自己 / 184

火焰 / 186

后来母亲听我的话 / 188

我试图看见你 / 189

你在小雪的夜里来过 / 191

我现在把一切都当成幻景 / 193

海上观音 / 194

那个女孩 / 195

冬天来了 / 196

辑六　我看移动的云

有人在路边卖梳子 / 199

诗人 / 200

我们永远不会失散 / 201

数数 / 203

梦中得句 / 204

挥霍 / 205

只有梦境才是我的杰作 / 206

死去的时间复活 / 207

知更鸟 / 208

薅洋辣罐 / 209

黄鸟 / 211

秘密 / 212

种草 / 214

小香芹 / 215

金色飞船 / 216

瓢泼大雨 / 217

瑰奇的花儿 / 218

月光 / 219

时间与另一个我 / 220

杀死布谷鸟 / 221

我的梦给我另外的生活 / 223

鸟儿从我头顶飞过 / 225

去年秋天以来 / 226

梦中的房子 / 227

就要下雪了 / 229

入睡前，无限的空间 / 230

美莎克 / 231

我看移动的云 / 234

同一 / 235

疼痛 / 236

行星合月 / 238

在楼顶我看见你走向我 / 239

没有一片叶子的眼睛 / 240

辑七 家乡的雪

我生命的拯救者 / 243

来访者 / 244

新年的第一首诗 / 245

樱花 / 246

我爱过，在一个梦里 / 247

雪很白 / 248

冬天来临前 / 249

侧金盏花开了 / 250

我常常想我的亲人们 / 251

仁慈 / 252

今年，我的花园将自己盛开 / 253

凌晨五点 / 254

去昭明禅寺 / 255

路过邹城 / 256

三只松鼠 / 257

家乡的雪 / 258

白鹭 / 259

亲人 / 260

依然幸运 / 261

感谢 / 262

我们可以乘坐飞机了 / 264

母忆子 / 265

欢喜 / 266

后记 / 267

辑一 朝日殿夜雨

秋　分

把雷声一样大的脾气收起来吧，
再没有亲密赋予你这种权利。

也不需要推敲谁更爱谁——
有人白天想念，有人夜晚忧思。

今日，白天和夜晚等同，没有分别。
今日，孤单的人找不到自己的影子。

寒冷将凝结成血，
更多的日日夜夜，

眼泪和雨水一样，会越来越少，
直至厌烦下雨的人怀念起雨天。

2015.9.23

寒 露

白露算得了什么呢
那么多次的悲秋都是预演

直至今日
泪水才凝结成霜

而雁雀头也不回地南飞
烟波处，落水成蛤、成殇

你仰天长叹
却望得大火星西沉

稻子就要收割尽
那想看稻穗的人，他还是没有来

勿辩勿言啊
你要心如南山

2015. 10. 8

我踏上一座岛屿

我踏上一座岛屿
老的房子和树木
橙色炮仗花开在墙上

狭窄的小巷
除了去读大门旁的名号
我并不想了解什么

我倒是愿意观察
卖鱼丸和花环的当地人
可他们都是一副遗忘的面孔

我离开热闹的人群
在一座更为古旧的房子前
停了下来
直到夕阳把最后一抹红晕也收走了

2016. 2. 23

春天就像第一次来到

黄蝴蝶出现的时候,
花朵也按捺不住。

一张脸紧挨着另一张脸,
我们的喜悦像冰凌花——

在冰雪和枯草之下,
说耳热心跳的话。

词汇新鲜而饱满。
就等着那么一天,

春天就像第一次来到。
我爱你,就像第一次爱你!

2016.3.30

扇　子

一个白发老者
手持一把蒲扇过马路
他战战兢兢
遇到开得飞快的汽车
就伸出扇子
好像这样就可以挡住
时代的庞然大物

2016. 5. 2

烧玉米

那年九月
去乡下游荡

在田野遇见一位牧羊人
把刚刚烧好的玉米送给我

我漫不经心地咬了一口
丝缕甘甜,人间柴火的温度

一瞬间,我的眼里充满泪水
这意外的幸福啊

那一天,我披着波浪长发
与毛发同样卷曲的羊合了影

温柔的绵羊,好奇地看我拿着鞭子
又低下头去吃草

这一切回想起来像一幅油画
我记得远处有座红房子

正午时分
如同记忆海洋上梦幻漂浮的小岛

2016. 7. 16

蝴蝶的嬉舞

我痴迷于两只蝴蝶的嬉舞。
宛如彼此吸引的星球——
自转，公转，相互缠绕。
让人类的爱情游戏相形见绌。

2016. 7. 18

台风狮子山

压抑的空气,
如临刑前的一支烟。

狮子山,移动巨大的身体,
抖着鬃毛,山的阴影遮蔽原野。

但它是否会像那年的天鹅,
半路飞走了?

预测有两种截然相反的可能,
我们知道总有一个是正确的。

2016. 8. 15

梦的游戏场

梦的游戏场
我和他坐在摩托车上,我在他的后边
开车人面目不清

我们沿着田垄
两旁高举的向日葵飞转着头颅
摩托车行驶在不知时辰的梦中

我总是恐惧
如果我比他人住在更下面的楼层
或者走在人群中的最后

我听到庄稼叶子簌簌作响
像有手掌拍打我肩膀
回头看时,却空无一人

2016.8.23

拥 抱

她拥抱了我,当我窘迫地站在黑板前
写不出一个数字
"孩子,下课来找我补课"
她四十多岁,微胖,语声温柔
我像被裹在一朵云里

那是我被禁止上学后的第三天
天刚亮,我从一夜惊梦的果树园出来
穿过鬼魂直立的白杨林
当我经过那个家,我浑身颤抖——
谢天谢地
许是寒冷的天气救了我
没有人手持木棒拦截在路上
但自尊心也不允许我去找这位代课老师

回到座位后,我把脸埋在课桌上
直到放学
在寒冬的暮色中,我游荡着
温习着课堂上的一幕——
她的眼神,充满慈爱
她的胸怀,母亲一般

在这个世界上,如有可能
请让我们给哭泣的孩子一个拥抱

2016.11.12

雪地上的黑兔子

冬天,一只被施了魔法的兔子
出现在我的花园。

黄昏到夜晚,
卧于白雪之上。

它未因自己毛发太黑而不安。
相反,它很胖。

转动着红玻璃球一样的眼珠,
偶尔吃一点我们放置的食物。

更多的时间,它思考着
如何破解一道自救的难题。

2016. 11. 28

我仰头寻找树上的小鸟

我仰头寻找树上的小鸟——
我的脖颈不会出现皱纹。

我用心感受玫瑰的情意——
我的眼睛不会昏花。

我将保持灵魂的轻盈,越来越轻——
我不会发胖。

我更加宽容,无人让我忌恨——
我的脸上没有敌意。

我不怕死,就像等待一个朋友——
他来之前,我还可以再写上几句诗。

我不会老——
如果我厌倦了,就像睡美人一样睡去。

2016. 12. 23

又一位诗人走了

冬天
很少有人从门前经过
野猫的脚印在花园中被孤立

早晨,听说又一位诗人走了
像雪中的枯草
他被严寒摧逼着
交不起最后的房租
把语言让给了春天

赠　予

大海把它宝贵的财富
赠予了早晨：
红鳞鱼和珊瑚，
以及它顽皮的儿子——小龙。

2017. 1. 2

大　寒

大寒之日，北风的冷
像秘密的暗器，连牙齿都不肯放过。

你紧闭嘴唇走在路上，
如同听了令人痛恨的谎言。

那冻在枝条上的柳叶，
在半空中劈着凌厉的刀子。

你心如冰块，
走过路边僵硬的石头。

这个世界漏洞百出。
忍住吧，这是最后一个节气！

2017.1.20

一 夜

夜里，青蛙的会议不再举行
偶有一两只野鸭咕噜几声
只是小昆虫比我更早躺在床上等我
好让我和它们一起
度过一个不眠的夜晚

在热带地区，我河畔的小屋
我无法想象得出
它们来自何方？空气中还是屋顶
树上还是草丛？ 它们微小，相貌精巧
喘气时触须摇摆着

唉！我无法与它们同睡，这和道德无关
但驱赶它们并不容易，这些小东西
赖在我白天晒过的被子上
就像人们做了坏事
以为不吭声就没人发现

它们让我一贯遵循的禁忌崩塌
产生罪恶的冲动
有些事情，我们能怎么办

而当床上只有我自己
我却迟迟无法入睡
直到听见鸟儿在晨光中的合唱

2017. 2. 3

苍蝇及其他

苍蝇在屋子里展示技能——
贴在天花板倒立行走,又猛地
俯冲下来,落在水果上吸食
偶尔掠过我,在腿上抓一把
嗡嗡的叫声像个变态狂
苍蝇总是令人恶心
蚊子叫人恼怒
蜜蜂给人欣喜和甜蜜
但是不能被它蜇到
蝴蝶呢?没心没肺的女人
只会逢场作戏
更不能细想她们的前身
而蚂蚁,可怜的劳工
终身修建自己的牢笼
滚动一粒米
好像得到了一座江山

2017. 2. 7

下雨的时候

我站在雨中
但愿自己是一张弯曲的树叶
承载着天空的泪水
并且说
我知道你的忧伤
和你为遗忘所受的苦

2017. 2. 15

邀 请

雨停了。
鱼在黑暗的河水里吐泡泡。

一只不想露面的鸟,
在我经过时,礼貌地打招呼:

嗨,朋友,
请到树上来过夜吧!

2017. 2. 16

她宁愿,他们从没有遇见过

黄昏,玫瑰湖水
她的船空空荡荡

而他正越过山峰
像记起了什么,他驻足
他的嘴唇——两片荒漠

她宁愿他们从没有遇见过
到如今形同陌路
到如今骨肉分离

2017.2.17

魔幻温泉

阳光晃动椰影,水的世界里
两个古罗马帝国时代的执政官
一人手持束棒
面对大剧院的观众
另一边,小鱼密探一样游过
一个女子在奔跑,围巾飘动
她的头上,瀑布正层层倾泻
啊,我们能否看到更多的东西
比如瀑布是一座楼房
居于悬崖之上,最下一层住着
永远长不大的蝌蚪
它整天站在洞口祈祷
第二层是两尊神,骑着水兽
而最上面,是位隐士
年龄无人知晓,也或许他
就是一块冰,他的胡须蒸发着水汽
他,独自练光线之剑
白色的燕子从瀑布飞出
不,是白色的海鸥
而你的腿,两条海豚

正翻动整个大海

2017. 2. 18

白鹭飞天

——致德里克·沃尔科特

我看见一位老人坐在海边
三月白色雪松花和白鹭羽毛的头发
脸上刻画着历经的千山万壑
他的眼睛,隐藏起另一片富饶的大海
他的手,画着泡沫的浪峰
他的耳朵,反复听到塔楼的钟声
他的人生足够写出一部丰富的剧本
他已经写出多部

而他的思想和情感,更适合写诗
这位老人,就在我们凝视他时
听到一行白鹭在空中,发出最后的召唤
他仰头,寻找到老朋友的声音
他的妻子们,他所爱的人

他的身体变得年轻,像从前一样强壮
并生出蜡翼。哦,诗人
这是个有着奇异月亮的夜晚
它冷静,沉思,光芒四射

你飞升,完成最后的终结之诗

2017.2.27

阳光不锈

他们沉默着
走在雪野
三月的春天依然冷峭

忽然,他指着灌木丛后
一处废弃的房屋
牌匾上赫然四个大字:"阳光不锈"

她感到惊喜
想象这里曾住过一位诗人
在寂静的荒野等待迟迟的春日

在灌木的腐叶下寻找冰凌花的尖芽
而当他们再次回头
看到"阳光不锈钢厂"几个字时

她停了下来,思忖着
需要重新对待自己那平静而倦怠的
婚姻生活

2017. 3. 4

湄公河日出

公鸡集体称颂
在湄公河的对岸
太阳总是在河的对岸或海的天边
动物总是比我们事先感知到事物
但我们并不因后知后觉而谦逊
也不因愚钝而羞愧
坐于酒店阳台，我等待湄公河日出
这个异国的早晨太美
让人想起法国少女的初恋
但那个故事发生在越南
看啊，太阳顶着它的红帽子出来了
又像光晕叼着一颗大明珠
这是我在任何地方都没有看到过的景象
河岸上，起重机的长臂炫耀着功劳
河水的颜色如放置已久的银器
晨光的刷子为它清洗
你知道，同一条河，流经不同的地域
会有差异
就像人的一生
不同阶段可能成为不一样的人
就像我们知道太阳也是同一个

但我们也总是为在陌生之地看日出
而兴奋不已

2017. 3. 25

陀 螺

如同疯狂转动的陀螺
他停不下来
自己抽打着鞭子
而她的心却像冰面
刻下一道道痛楚的伤痕

2017. 4. 12

泥瓦匠

白睫毛,我的脸上
一层灰色粉末
夜里,我咳嗽着

城墙总是被掏去一块或推倒一片
我整日提着铲子,用血色的红砖
不停地垒砌

啊,毁坏者,你该知道
我如此辛苦
但不会做永远的泥瓦匠

2017.4.17

黑森林

早春的傍晚
暮色吞没了李树的苞芽
门灯无精打采地燃亮

他从园子回来,脸色灰白
下过小雨的土壤潮湿松软
整个下午,他都在翻土

她想吃黑森林
咖啡深色,巧克力的
很久了

但只有无水蛋糕,红茶,葡萄干
他们吃着,他的眼睛一直盯着
餐桌上草编的杯垫

2017.4.18

壁虎之死

夜里清净，想起热带的骚动
似有小虫活动在床上，电蚊拍于黑暗中
闪烁，巨响……但总有后继者来到
因从未亲眼所见，我怀疑它们并不存在

那是一段特别的日子，杯子莫名地打碎
老家的房子，在梦里，被淫雨
侵蚀了一面墙；来了的人不停地离开
忧伤从肺部转移到心房

只有白色屋顶的壁虎，让我自以为
还在得到庇护。可就在告别的
前一天，我们在阳台上
发现了它干瘪的躯体

那一刻，我隐约记起
曾经有人来过我那河畔小屋
手持红色液体
向墙壁和各个角落喷射

2017.4.23

舌 头

一条舌头在耍马戏
赤裸裸穿过火圈
它自以为是魔术师
可以变出海上的房子(有人相信海市蜃楼)
它立起来,勾勒大厦虚构的线条和细节
像绘画师的手
它脱离了身体,迷失在路上
没有人相信它是舌头
捕蛇者也对它不屑一顾

2017.4.24

采野菜

毛茛花刷着太阳的金黄油漆,
延胡索摇着紫铃铛。
白云像友善的小狼挂在稠李上。

但那些女子们,只顾寻找
宽阔叶子的百合菜,在尖端处
长出嫩芽的刺五加。

而小树一样的大山芹太独特了!
让她们立刻想起它的搭档
——土豆。

傍晚,她们提着野菜回家,
在镜子般的水洼看自己的倒影:
残忍和爱。

野鸡猝然大叫了几声。
下山的人不禁回过头,
再一次向山上张望。

2017.4.25

怜 惜

像淘气的孩子做错事
我看着你,满头秋霜
认识你时,你偶尔会对着镜子
猛然拔掉一两根白发
我们都不再年轻,内心划过伤痕
多年来,我需时时激励自己
你却仍讥讽和抱怨
喧闹的水沟令你兴奋
你又何必挽留无声的银河之水
如今,我豁然了所有疑问
像找到了数学公式,答案昭然若揭
但你用慌乱的手捂住它们
不——你脸上布满哀愁
我是如此怜惜你
从第一次见到你
直到现在

2017.4.28

在有人频繁来到的梦里

在有人频繁来到的梦里,
你体会到寡情之人的好处——
一切不为所动。
像是在冷夜,裹紧大衣,
观看一场化装舞会。
啊,人们是多么狂热,又多么矫揉造作!
玫瑰花,红酒……
说谎的男人受到欢迎,
伪装起来的女人最有风情。
从大厅逃到花园的裙裾,
扫起月光的尘雾。
在梦里,你并不想与他们有任何关系,
虽然你隐约记得也曾爱过他。

2017. 5. 13

朝日殿夜雨

在一盏台灯下,我读沃尔科特的
七十七岁。窗外下着雨
笼罩在蓝色铁皮屋顶上的
一个声音的世界,音频时大时小
公路上汽车驶过
旷野,一座金代考古基地
我们在雨夜度过今天的最后时光
距今八百年的朝日殿基址
于百米之外的南端,在回填后继续沉睡
那个雅歌儒服的少年,后成暴虐君王
他曾朝拜太阳的地方
几日前播种了玉米
我们每个人都会老
"人人皆知它迟早会发生"
但种子正在地下萌发

2017. 5. 13

辑二 大蓟归心

雨中丁香

蒙着轻纱的绣品
它浓郁的香味
又似真实的幸福

2017.6.4

野鸭飞过

晚饭后,站在金代宫殿基址外,
飞机的细线划过寂静的落日。

忽然,远处树丛惊起一群野鸭,
有七八只,经过我们头顶上空。
我甚至看清了其中一只的红蹼脚。

太令人吃惊了!
这是我第一次看见野鸭。
它们越过蓝色屋顶,很快消失了。

当夕阳完全沉没下去,黑暗的树林里
传出了"嘀嘀呼嘀"的声音。
我无法判断那是一只鸟儿,
还是其他什么。

2017. 6. 5

小　憩

太阳有时在一片云中逗留
像我们坐在咖啡馆
不着急回家

2017. 6. 8

蜂　鸟

蜂鸟细小的身体发出尖叫，
在五根电线上谱曲。
接着衔下一串飘带，
悬停在空中。
我惊讶于它如此高超的技艺，
也明白没有谁再会为我这样表演。
我记下了这一幕，
在通往乡村的路上。
我们徒步旅行，
希望能看到某些新鲜的事物。

2017. 6. 11

四音节鸟鸣

在乡下的日子,
每天被四音节鸟鸣唤醒。

像一直通信却从未谋面的亲戚,
它徘徊在神秘的树林。

有人说它的背部有黄色花纹,
但它的叫声比戴胜鸟多一个音节。

与它同在林中的还有布谷鸟,
因能判断出名字,
是我忽视的邻居。

2017.6.18

蚂蚁在芍药花苞粉红色山头上

蚂蚁在芍药花苞粉红色山头上
奔跑。

整个早晨,它们像忙碌的舞蹈演员,
掐着细腰。

又试图用灵活的脚撬开花瓣。
我不知道它们要做什么。

或许,它们只想要一个多层次的舞台,
表演一部史诗般的舞剧。

2017. 6. 21

鸟儿天一亮就叫

鸟儿天一亮就叫。
它短暂的生命,
经过了和我们同样长度的黑夜。
但我们还是困倦,
执着于残破的梦境。
我们如此喜爱睡眠,而不是死亡。
仿佛只是在消费着利息,
那本钱从来不需要动用。

2017.6.22

原谅我不是一棵樱桃树

我太安静了,以至于一只雀鸟,
毫无防备地降落在我近旁。

它褐色、肥胖,
幼儿一样好奇的眼睛。

我们之间相距不到一米。
看到我,它小小的身体抖动了一下,

旋即飞离。
我甚至听到了它惊恐的心跳声。

哦,莽撞的小鸟,
原谅我不是一棵樱桃树。

2017. 6. 25

夏　黑

夜晚黑下来，
萤火虫没有来。
能把你的心打开吗？
不能，我自己也会迷路。

2017. 6. 26

朝阳夜跑

天黑前,汽车开进朝阳古城
我们投宿于凌河边的酒店

晚上,我跑步超过散步的当地人
折返时又和他们中部分人相遇

因知这一切情景不会重现
我对他们微笑

2017.7.7

蓝色的窗口

暮光中蓝色的大海
书桌,一艘雕刻的船

一天之中总有某个时刻
在一句话里,呈现出梦幻的格言

2017. 7. 8

沙　峰

我们驾驶越野车
在沙峰上升起

一块叠有层层彩纹的石头
展示荒凉时光里的故事

忽然，长着恐龙骨架的昆虫出现了
仿佛远古的守卫，愤怒而脆弱

从一粒沙中能悟到什么
人们都活在自己的时空

当我们向远处眺望
乌梁素海像一滴就要消失的眼泪

2017. 7. 10

车行草原

傍晚,干燥的草原如褪色的地毯
羊群在黄沙中觅食
乌鸦在高速公路上哀悼它的同伴

一座孤城外
花母牛甩着尾巴
驱赶越来越黑的烦恼

2017.7.13

在科尔沁草原醒来

在科尔沁草原醒来
身体湖水般清凉
羊已在坡上吃草
马甩着它松散的尾巴
戴粉色头巾的女人
和她的黑狗一起
站在高岗上

2017. 7. 15

旅行者从梦中回来

旅行者从梦中回来
她经历了不同的人生
但生活还是要继续
现在她知道该相信什么了
虚幻的真实和真实的虚幻
刹那的盛大和瞬间的永恒

2017. 7. 17

窗　外

斯蒂芬·金说：写作时
窗外最好有一堵墙——
他是小说家。

如果窗外是一栋死气沉沉的房子，
太阳能热水器支起一排肋骨，
却足以让诗人发疯。

她宁可降低一个窗口。
那里，喜鹊在树上啄食海棠果子。
但如果她是画家，还需要一场雪来配合。

如果是音乐家，
她就要起身打开窗子——
不过这很有可能把喜鹊给吓跑了。

批评家出来纠正我：
喜鹊会飞不会跑。一只大黄猫发誓说：
它看见喜鹊跑起来比猫还快！

2017. 7. 23

过　敏

我在遍布尘螨的房间打喷嚏，
在假花的芳香剂里咳嗽。

健忘使我无法重复别人说的话，
虚弱让我无力面对严冬。

有时我使劲眨眼，
像是对这个世界有什么怀疑。

2017.7.28

羞 耻

我每天提着一大袋生活垃圾
扔进回收箱时,都感到羞耻。
刚刚开车在路上,我也感到不安。
无论什么原因堵车,
我必须负有一部分责任。

是的,我每天用度过多,
消耗着地球所剩不多的资源。
我过于讲究卫生;
有些衣服,几年都穿不上一次;
我,在纸上写过很多废话。
但我只种过不到二十棵树。

我有什么资格可以如此?
我不知道有限的生命还有多少年,
但我需要重新思考生活的意义。
想想还能为这个世界做些什么?
如此,也算是彼此的礼尚往来。

2017. 8. 4

雨的意义

谁能理解一场雨的意义？
雨不为任何人所辖制，
雷电更让狂妄者产生畏惧。

2017.8.6

一只蝴蝶长着老虎的斑纹

一只蝴蝶长着老虎的斑纹,
但它并不知道世上还有老虎。

它和另一只蝴蝶嬉戏,
或长时间停留在秋千链子上。

花园使它快乐,
对自己是一只蝴蝶它感到满意。

偶尔它有几分轻蔑,
当遇到想把春天据为己有的人。

2017. 8. 22

太阳的金粉笔

太阳的金粉笔,
在咖啡色长袖上绘出橙黄羽扇,
蝴蝶的双翼轻微扇动。

细脚抱住秋千的链条。
舌头卷成两重圆,
像小孩在空中滚着铁圈。

它的耐心如此之长——
从不歌唱的舞者,终生的玩家,
进入冥想的禅修。

2017.8.25

蜻蜓的影子

整整一个上午
我坐在庄稼地旁
听玉米叶子讲述琐碎的农事
豆子回忆它们开花的季节
狗尾草炫耀虚拟的生活
鹧鸪在远处树丛惊叫
好几次
蜻蜓的影子划过我的草帽

2017. 9. 2

雨后,一只蜻蜓挂在樱桃树上

雨后,一只蜻蜓挂在樱桃树上,
它的灵魂逃离了雨天。

如今它毫无重量,
太阳的手艺已把它晒干。

瞧,它多么轻柔!
就连素纱襌衣都无法模仿它。

仿佛描画出来的嘴黏住樱桃,
身体随风飘摆。

我看到肉体死亡的美,
和意识消失后的自由。

2017. 9. 8

白杨树的花朵

我穿过秋天之夜
在陌生的城市走失
看见街道旁摇动着
满树奇异的花朵
仿佛巨大的白色谜团
那是风吹翻了白杨树的叶子
白杨树藏着春天的花
我因洞悉了季节的秘密
而微微颤抖

2017. 9. 8

波斯菊

女人们坐在高岗
把纺锤藏在脚底
直到天空的酥油灯燃亮
她们手捧金葵花的心
开始跳舞

2017. 9. 15

假如我们不知道是秋分

独身主义的黄蝴蝶
将欢快地飞过原野

落在水泥台阶上的蜻蜓
便是舒适的小憩

挂在墙壁上的螳螂
就是在祈祷

先知们知晓命运
也依然一往无前

2017.9.23

被割掉的百日草

被割掉的百日草立在栅栏下
雨水后,现出新鲜的美

蝴蝶落在花朵上
一两只蜜蜂盘桓不去

你不知道有什么
会在死亡后继续生长

2017. 9. 25

错 过

我们整夜都在遮挡
借来的房屋的玻璃
用衣衫和道具
总是遮不严,总是有灯亮起
有人敲门,问你话
我需长发遮脸
哦,其实,你从来没有触碰过我
像梦里这样
你没有说过"来吧"这般大胆的话
尽管在夜晚,只有我们两个人
一次次,你很晚才离去
那时候,我们多么年轻
没有什么束缚我们
两个人如此渴望,却羞于行动
你没有勇气探索世间最美的风景
在梦里我也错过了你
我们如此害怕有人偷窥
也许我们更害怕自己内心的光芒

2017.9.27

死亡让蓝蜻蜓静止下来

死亡让蓝蜻蜓静止下来,
它不再忙碌,
而是伏在鼠尾草的花茎上。

风
试图滚动它的躯壳,
但只摇动了花枝。

它的翅膀张开,像降落伞。
和活着的时候一样——
它戴着时髦的太阳镜!

2017. 10. 13

雪　床

在我被所有人抛弃的时候，
雪，允许我躺在它柔软的床铺上。

在我的一生中，雪总是温暖的。
比任何一个拥抱都温柔，
比任何一副心肠都仁慈。

当我被剥夺了棉衣，
雪比任何一件棉衣都能给我热量。

我在黑暗狭窄的隧道爬行，
雪给我洞口外的皎洁和辽远。

雪，是我相信的最后一个词语，
是我随时可以返回的故乡。

2017.10.23

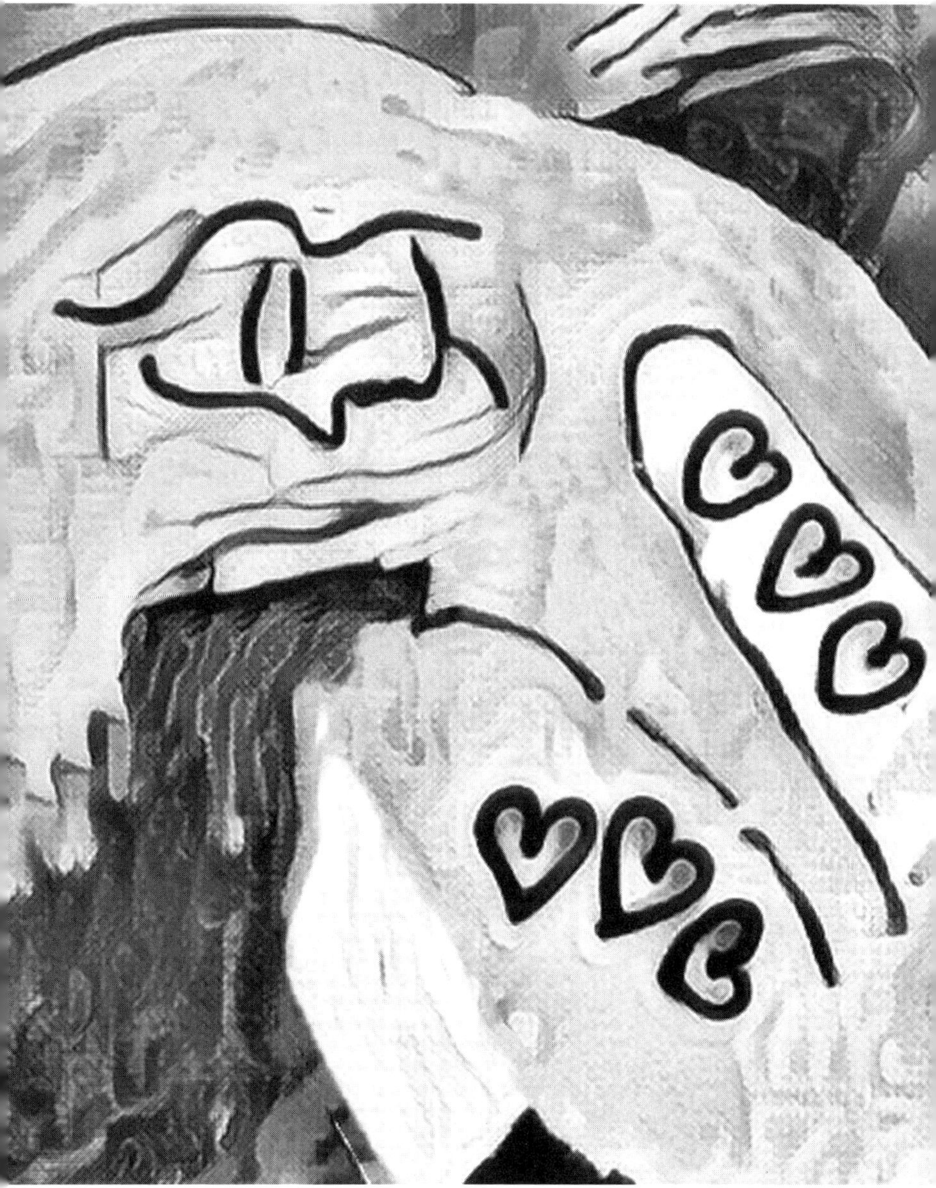

雪后窗前的猫

黎明,比以往都亮。
谁的光?

你像一只猫,
小心地跳到窗前。
一切都被温柔的冷漠覆盖。

你想起一些词,
诸如风吹、虚弱和忧伤。
但一只猫,不该被看穿。

它理应沿着墙角,迅疾地消失。
在深深的夜里,
无人知道它都去了哪里。

2017.10.27

花母牛

在薄雾笼罩的群山前
广袤洁白的雪地上
干枯的玉米秸秆
仍然可以作为食物的时候
花母牛猛地抬起头来

2017. 11. 2

雪 灯

漫长无雪的冬天
我们面无表情地走在路上
内心的苦无处诉说

黑黢黢的榆树上,偶有乌鸦飞起
就算是喜鹊
又能给生活带来什么

窗子被雪照亮的夜晚
我不忍睡去
在心房里,为自己点亮无数盏雪灯

2017. 11. 5

说　梦

只有无畏者才讲述梦
深夜在河流里打捞
太阳出来时面对西墙
念出吉祥的咒语

2017. 11. 7

乡村雪夜

我欢喜细小的霰雪,
撞击在脸上的微凉。

在夜晚,沿乡下的土路散步,
雪,又像星星的野孩子,
无拘无束地到处乱跑。

多么寂静啊!
只听到一只马铃铛在风中
摇动的脆响。

远处村庄,
亮着几盏灯火。
每个人在雪天都有一个家——

一棵开满梨花的树,
黄金的月亮下,
雪的白银铺在院子里。

2017. 11. 10

大蓟归心

在一片荒原之上
蓟,竖起她利剑的铠甲
绽开怒放的野红花

深裂的命运线破碎
但折断便是重生

我懂她生的甘,活的苦,凉性的孤傲
归心入肝的功效和价值

2017. 12. 18

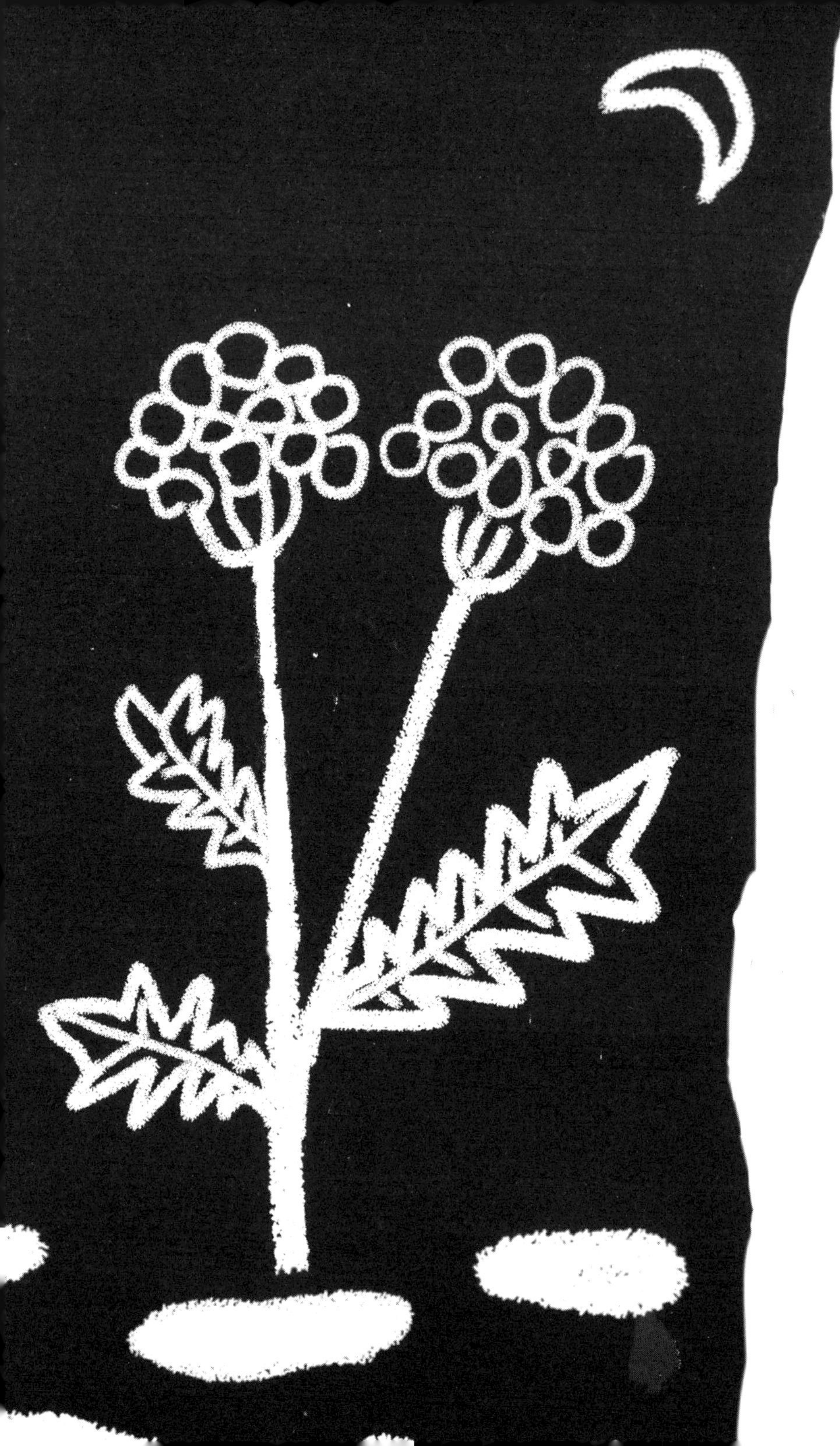

雪

在教堂屋顶
糖槭树梢
汽车和石头路上
雪
安置了我们一年的孤单

2017. 12. 23

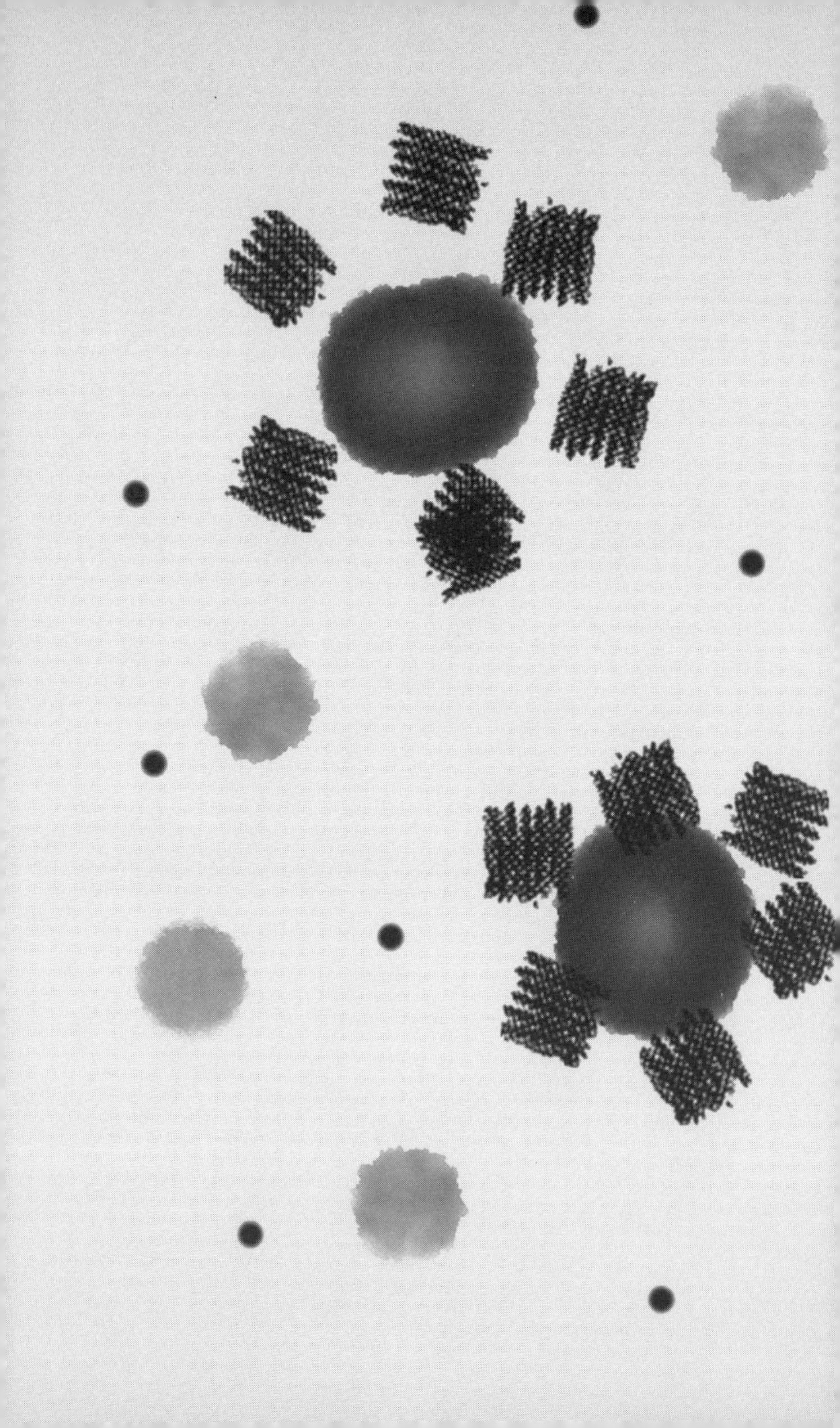

辑三 墙上倾斜的油画

稻草雪人

稻草人伸出手臂
以渴望拥抱的姿势
完成终生的恐吓

它戴马戏团的帽子
踩扭秧歌的高跷
样子像极了小丑
其实它还是个孩子

风吹透它虚空的身体
里面住着小小的不可动摇的心
骄傲的心

时间的云下
星星给它黑夜的眼睛
当秋天的故事结束,田野光秃秃
再没有一只雀鸟

稻草人披上雪花的羽毛
宽恕了

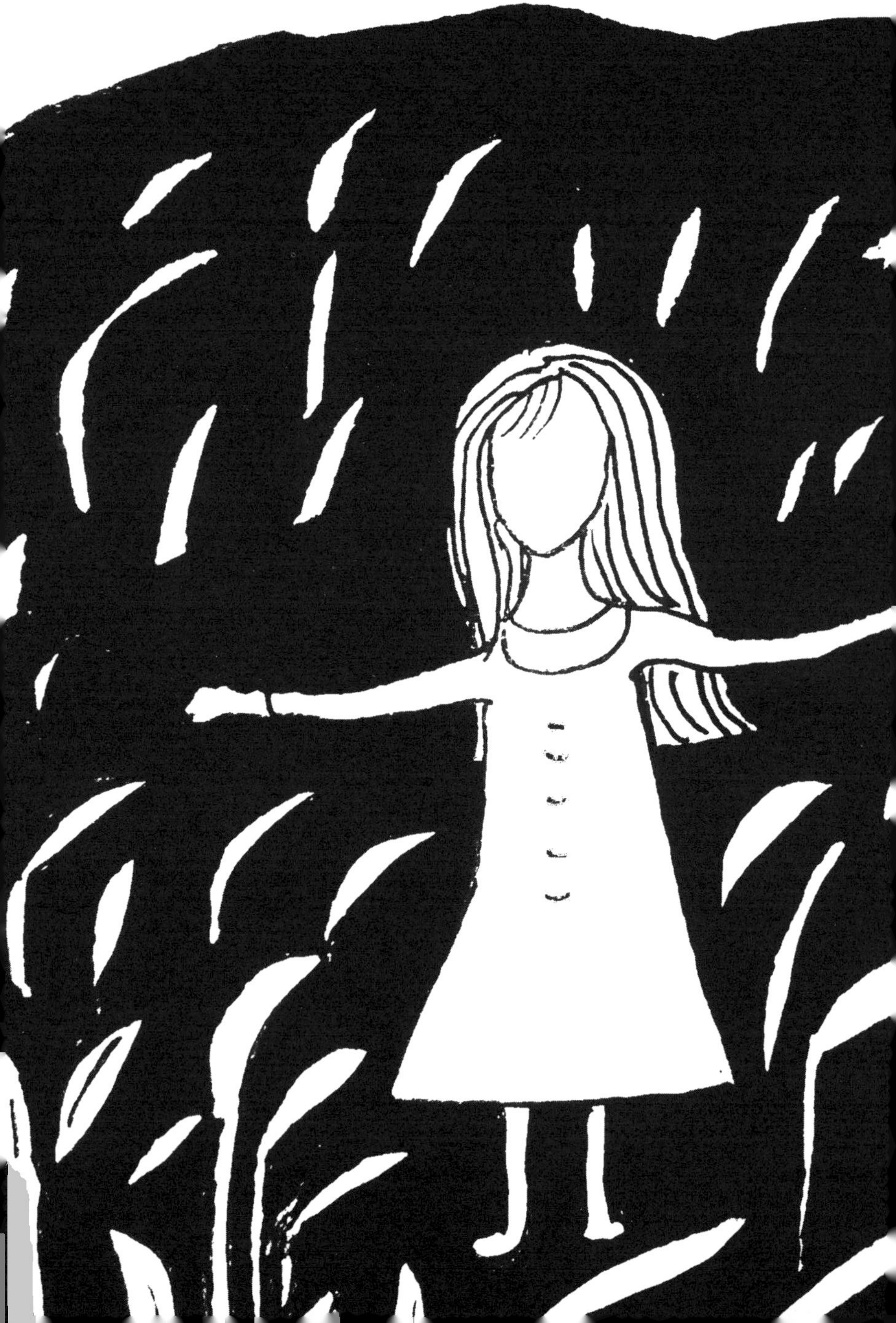

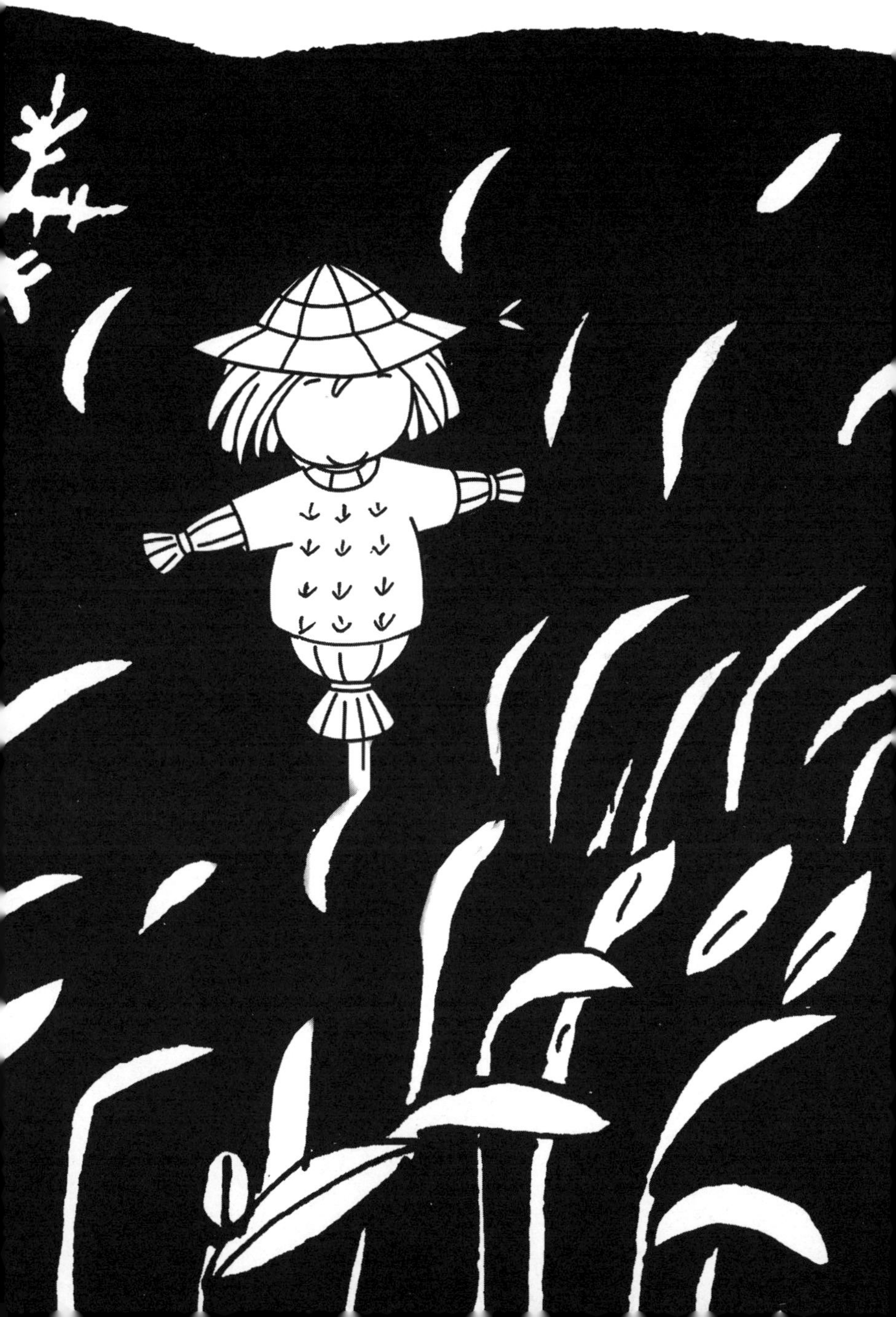

大地上发生的一切罪恶

2018.1.8

雨打芭蕉

夜雨如期而至,
阳台外,响如山泉。

两只青芭蕉,
喝着旱季珍贵的雨水。

鸟儿躲在宽大叶子的下面,
槟榔树一节一节地拔高。

雨声连成一片,
远行客忘了民乐应有的曲调。

2018.1.26

蓟　语

蜜蜂冒险闯入
紫色花朵的黄金宫殿

爱，让女人绽放光芒
但所有爱，都将消散

如果你不相信
便会有心如针刺的相思之苦

2018. 1. 31

蓝血月

等待,月亮变了。
我们在雪地支起三脚架,换上长焦。
镜头里,月光消隐。
灰白不透明球体带着大片水渍铅云,
像一只发呆的西瓜。
接着黑暗咒语降临,
魅影扫过,大部分月体被吞没,
发出呼救般白色光亮。
直到月亮成熟,
我们才敲响铜盆。
因为天气寒冷,我提早回到室内,
听见小区的狗在狂叫。
睡前,我打开窗帘,
期盼梦里能看到月亮
生光,复圆。

2018. 2. 1

招魂曲

一场大雪隐没了道路
你在人间消失

一夜又一夜，噩梦缠绕着我
罗织，堆积

我挥动笤帚
晃动那就要封锁的房门

你的灵魂来了，坐在门口
却带不来你蒙受苦难的肉身

2018. 2. 26

火中生莲

你要在俯首时
以心念仰望天空

你祈祷过的菩萨
当年救助过我们
这一次,她还会垂怜于你

你要在不能发出任何声音的地方
以心念呼唤她的名号

总会有更伟大的力量
超拔你——
在火中生出圣洁的莲花

2018.3.10

我憎恶虚假的光明

黎明时分,我等待小区路灯
熄灭的一瞬,完美的静谧呈现在窗外。
黑暗显得如此真实。
我分辨着天上的星云,
远山的轮廓,河水抖动它黑亮的绸缎。
一只燕子从树林射出,
像刺破谬误的真理使者。

2018. 4. 27

父亲的爱

夜晚,他背着我
在荒野的小路上飞奔
狼坐在高岗,冷静地观察星象
那种恐惧,持续了十多里地
终于,他把我送到医院

母亲对我讲述这件事的时候
我默默衡量着爱和恨
就像测量水和石头哪一个更重

直到大二时,有一天
我梦到父亲来学校看我
他真的来了,带给我半只扒鸡
他走后,我偷偷擦着眼泪

压在胸口的石头不见了
水,慢慢浸润那长久干涸的记忆
父亲,是你给了女儿第二次生命
也让她懂得了爱总是大于恨

2018.5.1

亮　相

在冰河岸上走
我记得冬日水线结晶的反光
挂着白霜面具的马
鞭子一样的柳条
那时我差半年才满七岁
已被教导承担和奉献
我被带往陌生之地,火车转乘火车
恐惧之门打开,一个女人引领我
去见另一些女人,她们都
言语苛毒
"她太大了!真是……"
"我也不想要她"
我羞愧而愤怒
但当我想反驳她们时
却流下了屈辱的眼泪
"瞧,那孩子哭了"
有人指点我
那是我更名改姓后第一次失败的亮相
导致我一生中害怕与陌生人相见
人多时不敢讲话
毕竟那时我只是个孩子

我想把自己隐藏起来
使劲拽下头上粉色的蝴蝶结
也许一根稻草都比它更有尊严

2018. 5. 12

五 月

细雨像初恋
雷声没有来
但我喊五月
每一句它都应答

2018. 5. 18

小黄猫

一只小黄猫
迈着老虎的步伐,走进花园,
绕到薄荷丛中。

我希望有它那样的威仪。
又如此轻盈,
只吃一点点花儿就饱了。

或者像鸟儿——
此刻,喜鹊在树上松散地叫着,
它的声音多么令人愉悦!

2018.5.28

祖母的芍药

我整理花园
把芍药残花剪下
想起这些花儿原是祖母窗前的
她也像我这样劳作过

祖母故去后
芍药被移植过来
每年六月开花
半个月后凋谢

直到第二年四月
刚解冻的土里又冒出
红色的尖芽

2018. 6. 8

梦境之证

我那最为仁忍的奶奶
在幽暗高耸的悬崖
从瀑布纵身跳下
身穿灰色布衣

那一天她本对我说
要去赶一个集市
她在夜里就出发了
包袱里装着她的全部——

一个半导体收音机
一副可以摆八卦的纸牌
一对儿总也绣不完的鸳鸯
一条用来做饭和擦拭眼泪的围裙

她戴过金绿宝石耳坠
穿月光白真丝连衣裙
她有过文采斐然的先生
六个可爱的子女绕膝

得知她被激流冲进山谷

我佩服奶奶真是刚烈
醒来想她二十八岁守的活寡
四个孩子相继病死

她也是病死的,在家中
我最后看见她时,她更加顺从地躺着
平日紧闭的嘴唇微张
像有什么话要对我说

2018. 6. 9

善 邻

我们把芍药花栽在侧面
她的母亲也能看到

说起祖母与邻居向来和睦
她也回忆起老人生前的乐善好施

他们往大理石的缝隙里抹水泥
雨水就要多起来了

我们摆放上水果
祖母和朋友们要享用整整一个夏天

道别时,我们都感到些许的愉快
为善良的人和她美好的新邻居

2018. 6. 9

花　事

我等待过灯笼点亮的瞬间
在一扇门里,倾听过
路过的双足,在粉墙下停驻

我模仿过你的呼吸
那么轻
好似山樱花绽放的声音

2018. 6. 10

墙上倾斜的油画

道路通往天空,鸟儿向下俯冲
河水停滞,树木倒在一边
草原高耸如山
石头的棱角变得含混

墙上倾斜的油画
让我看到了它另外的样子
而我的确需要从多个角度
重新认识那些我自以为熟悉的事物

2018.7.8

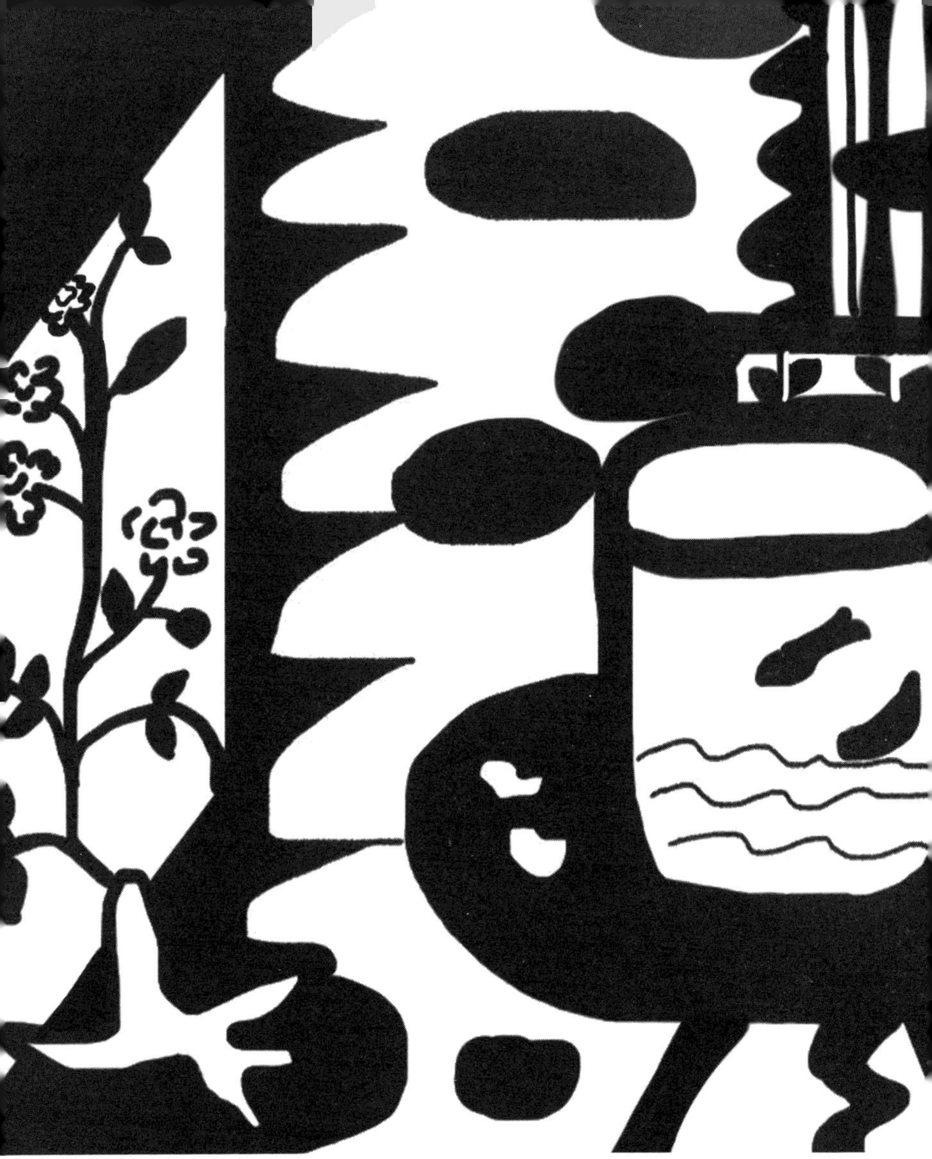

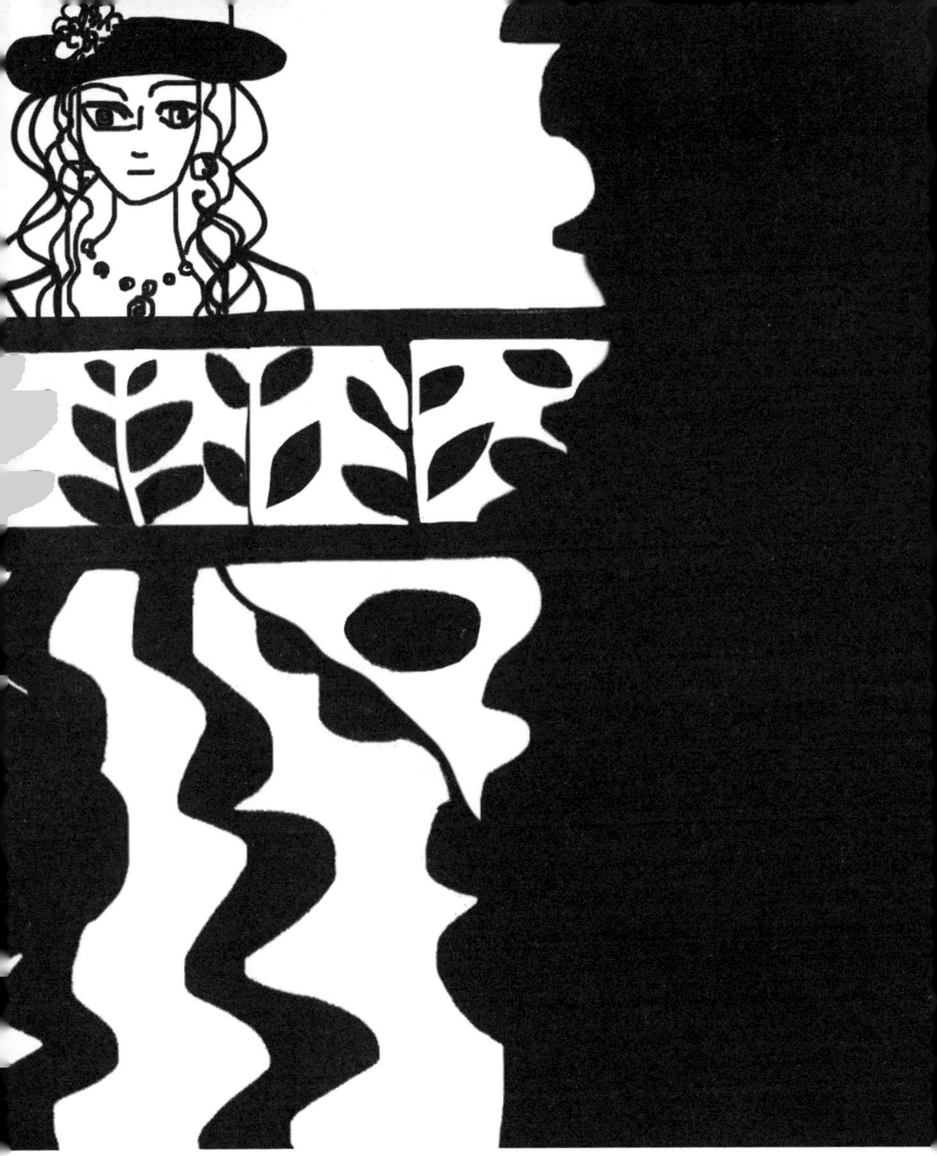

乡 村

当我夜里走出屋子
置身于满天繁星的苍穹之下
当我于白昼穿过野花的山谷
喜鹊在枝头歌唱
当我在黄昏的院落
看见白鹤舒缓地飞过
我得出
乡村与神祇更为接近的结论

2018. 7. 11

苹 果

长了霉斑的苹果,
我削掉它的皮,
以为果肉还可以吃。
但果肉烂掉了。
我想它的核总该是好的吧?
切开后却看到:
早在春天坐果时,
虫子就驻扎进去了。

2018.7.23

魔术师

在他众多荣耀的头衔中——
魔术师,最受儿童欢迎。

他变出樱桃、糖果给他们,
又在他们小小的口袋里塞满金币。

人们盛赞魔术师技艺高超,
没有人比他更爱孩子,他谦卑地鞠躬。

但在阴黑的角落,他掏出蛇,
诡秘地编织小而圆的绳套。

那是专为儿童设计的,
其他人看不到。

戴着隐形蛇套,他们长大。
有时会感到那绳套越勒越紧……

令他们反复作呕、疼痛,
但他们始终没有办法取下它。

2018.8.6

黄金的蜜糖

紫色鼠尾草令人困倦,
黄色才是秋天的主色调。

孩子的手随意涂抹出来,
孩子向太阳索要蜜糖。

拿去吧:
金盏菊,百日草,黄月季……
蜜糖要自己酿造。

2018.8.9

三棵树

旷野上三棵树
像古人
带月荷锄归的相遇

一个抱拳,一个作揖
另一个扶杖远眺
黄昏时,它们在自己的阴影里

仿佛历经千年
智者依然避世而居
无论魏晋

2018. 8. 19

闭　嘴

我因说话受过苦。
"闭嘴,你又犟嘴!"

"她说鸡蛋是方的,
你就说有四条楞;
她说是长着把儿的,
你就说还结在树上呢。"

我冷笑着。
"你傻呀,好汉都不吃眼前亏!"

如今我佩服那个发着抖
但绝不屈服的女孩。

2018. 8. 20

梦　见

你走向我时，嘴角一边翘起。
看着我，你眼里有湖光跳跃。

在那座木脊房子里，
你像一个匠人，
打磨着一块石头。

我为你端来野菜。
到了夜晚，我们相拥而泣。
醒来时，我的舌尖仍留存着你的苦涩。

2018. 8. 26

财　富

如今我的财富在迅速膨大
像一粒玉米炸成了爆米花

2018. 9. 6

秋天的太阳催熟了大地

秋天的太阳催熟了大地
我穿过正在收割的田野
想起中学时的一个午后
我们坐在山坡
看满载红萝卜的马车
在光芒中跳跃

那时，我们被爱和怀疑折磨
无法看到未来的样子
两个女孩子
只想离开被称为家乡的地方
依靠对方的友谊活下去

2018. 9. 15

蝴蝶与枯叶

作为蝴蝶的爱好者
看到它落在一片枯叶旁
觉得再恰当不过

相比花朵,它们几乎是同类
风扇动着,就像死亡中的音乐
音乐中的寂静

而当它再次起身
又仿佛灵魂离开它
很快厌倦的肉体

2018.9.29

蚱　蜢

蚱蜢从秋草中来
带着死亡的威胁
触角丢失了半根

它低头思索
这儿有黄昏的柔美光线
温泉的台阶

一个筋疲力尽的女人
在水中寻求庇护
但此刻她放下怀疑

感受风以及音乐
来自温泉的滚滚热浪
野花舞蹈的魅力

蚱蜢用强有力的后腿
向天空蔚蓝的大海
跳跃

2018. 10. 6

红发卡

红发卡,断开了
一半儿,从孩子头上飞出去

红发卡,在时间中躲藏
等孩子长大

红发卡,黑暗中的半片嘴唇
你隐藏,但不会永远沉默

2018.10.12

十一月

我从未赞美过十一月
他却陪伴我多年

像沉默的爱人,任听我的抱怨
如今他已衰老,浓密的头发稀疏

衣服也穿得旧了
他面容安静,走过了太多的旅程

夜里,他还会突然醒来
但不再思虑奇异的梦

而是在黑暗中倾听
远处酝酿的风暴

也可能他正在等待一场
淹没旧年轮的大雪

2018.11.1

冬天，花盆里生出几只小蚂蚱

冬天，花盆里生出几只小蚂蚱，
精致得像用草叶折成的。

蟹爪兰是它们的夏天，
大理石是广阔平整的操练场。

它们晒着太阳，
有一只跳上了玻璃窗。

花园里的鼠尾草看见了，站了起来。
干枯的鸢尾也向它挥手。

玻璃窗上的蚂蚱越来越多，
有七八只，甚至更多。

它们望向窗外，惊叹这个奇妙的世界。
万物从来就没有什么生不逢时！

2018. 11. 3

初冬,一朵花红了

它睁开眼睛
风提着刀片
鸟的尖喙
在干树枝上挥舞

它没有亲人
不知道蜜蜂怎样歌唱
它不会长大
出生即是临刑

可它是多么欢欣
看啊,天空湛蓝
太阳在宇宙的高处辉耀
大地将被一场白雪覆盖

诗人看到了它
低下头
用冰冷的嘴唇亲吻它
那是它短暂一生中唯一的爱

2018.11.6

冬　雨

我期待一场立冬的雪
却来了雨

冬雨不紧不慢地下着
在雾霾中蒸腾

它唤醒了死去的魂灵
清晨,枯败的棉铃花抬起头

它清洗着窗子
榆树的枝干却变得更黑

雨声像老年人的合唱
越来越低,直至陷入往昔的回忆

2018.11.7

石头从未说话

我原谅
流水泄露了石头的秘密

但不能宽恕
石头被更多的石头砸死

2018. 11. 15

热带鸟

那只鸟在九个月后认出了我。

夜里,听它辗转在杧果树上
说话,平静而梦幻。
我熟悉它的声音,
就像一位老友的唠叨。

我生活在北方的日子里,
它从来没有离开过。
在散尾葵伪装的门帘后,
等待我的归来。
细琐地讲述雨季发生的故事——
罗非鱼在寂静的夜晚,
热得跳出水面;
星光拉出长线……

我时睡时醒,
有时我也想和它说说话。
但我无法向它描述雪花飞舞的姿态。
它也不会懂得

一棵北方白杨在冬天里的孤独。

2018. 11. 16

球形大剧院

球形大剧院,闪耀湖水光芒的草原。
一块透亮的琥珀,蝴蝶挥动时间的翅膀。
又如同宇宙,
空洞里藏着不为人知的忧伤。

那是一匹马的眼睛,
它向下俯瞰着,俯瞰着。
密密的光线睫毛,风的眉须,
温和得近乎慈悲。

2018. 11. 20

心理辅导

那么,说说你的感受

我好像被一连串的不幸链接
抑郁症,看守所,失业,婚外恋,癌症
对上述所有我都身临其境
甚至我被梦魇纠缠
莫须有的纷扰,死亡以及另一个世界
我在悬崖上找不到一根稻草
食物都是假的
我看到人死后还有死
一个隧道连接着另一个隧道
依次打开的门和再次锁住的黑暗
永无止境地循环

没有试着抽离自己吗

哦,当然试过!这是我儿时自学的本领
我让厚重的衣裳剥离箍紧的肉体
再把那个被囚禁的人儿
从我柔美的线条中解救出来
终于,我可以大口呼吸了

我身体轻盈,没有了令我羞耻
却令男人迷幻的乳房
我身体精光,没有羽毛
但不用翅膀就可以飞翔
我不再是我
却成了真正的我
高高在上地怜悯从前的一切

你可以经常使用这种方法

是的,如果我可以一整夜挂在树上
或者随向东奔逃的云一去不回
我变成空中的石头,眨着几亿光年的眼睛
听不到任何一种呼喊
我的血液,像隆冬的河流停止奔涌
我的记忆瞬间清空
再也想不出一朵花的名字
我终于坠下,像陨石
给地球制造了一个小小的坑
我用拳头为自己打气
没有人再把我从下面拉上去
你看,我是不是又回到了从前?

2018.12.13

梦见一场考试

梦见一场考试
在山顶晃动的房子里

我逃离
看见鹰之羽翼在悬崖上升起

而影子,正以古老的方式
移动

钥匙旋转
大雪覆盖了整个山峰

2018. 12. 15

冬至的雪

冬至是受伤的日子。
雪,却像一场歌舞粉饰了太平。

它的白使人产生幻觉,
它的光芒让人忘记了冷漠和背叛。

如果我们习惯了谎言,
就不怕再多听一个。

如果我们适应了寒冷,
就不怕黑夜更长。

冬至的雪,让人想念家乡。
除了热爱,我们别无选择。

2018.12.21

辑四 复活的蔷薇

鸭母河

鸭母河对岸有人养了一群鸭。
通常,鸭子在河里觅食。

需要喂食,养鸭人嘴里会发出
类似鸭叫的声音。

鸭子们听见了,就回到岸上。
要宰杀它们时,他也会这样叫。

鸭子们无法分辨
哪一次是喂食,哪一次是杀戮。

它们在河里嬉戏,捉鱼,游泳,
贴在水面鸟儿一样飞。

但只要听到养鸭人的叫声,
便立刻群体呼应,列队上岸。

2019. 1. 2

雨林密码

破译它
滴水叶尖——尖叶水滴
药用狗牙花——花牙狗用药
仙桃石——石桃仙

不怕蛇拿苹果来诱惑
随时接受高大乔木射出的毒箭
相信三亿年桫椤的誓言
而倒下的千年古树
千年不死

可是,当溪水洗净我布满尘土的双足
我却像猿人一样拍打胸膛
痛哭起来
是的,我在热带雨林越陷越深
一无所获
且忘了来时的路

2019.1.17

看见,看不见

我看见小叶榄仁的枝条
在晃动,
我看不见那只鸟。

它是什么鸟?
躲在琵琶形叶子的后面。
羽毛是什么颜色?

可不管我看见还是看不见,
它都在那棵树上
跳舞。

2019. 1. 23

花蜜鸟

花蜜鸟吃完花蜜，
落在阳台的晾衣架上。
好奇地问我：
为什么有人想写复杂的诗？

我回答：
它们看起来更像是好诗。

它笑出了声：
我知道最好的东西都是简单的。
比如山樱花、悬铃花，还有羊蹄甲花！

花蜜鸟，
你这样想，我真没什么可说的。

2019. 2. 6

我钟情

我钟情沉默的男子
他的力量来自积蓄能量的深谷
他的美是一切神秘的可能性

2019. 2. 16

我失去的孩子们

我有时能看见他们
在树与树的缝隙里
在建筑物的阴影中

当我战战兢兢走近
却只见被截短了的树桩
或是废弃的轮椅

偶尔,他们在梦中找到我
手持金属棒,挥舞着发出
尖利破碎的旋转声

2019. 2. 22

十月初雪

十月,雪刚好掩埋
不甘和躁动——
蝴蝶的翅膀,瘸腿的蚱蜢……
但喜鹊成群结队地飞过屋檐。

直到明年,那些
被割掉的重新生长出来,
踩在脚下的站立起来,
雪像回忆的泪水被轻轻抹掉。

2019. 2. 25

奇特的朋友

我在逐渐了解周边的事物——
热带树木、花卉、小巧精致的鸟类,
它们每天与我相伴。
对于特别的几个,我已较为熟络。
例如,一只花蜜鸟临近中午时,
总要向纱窗发起攻击,
它想进来看我是怎样生活的,
它的好奇心不比我们更小。

但一种声音令我迷惑,
那是有节奏的咕咕低语,似兽似鸟,
来自槟榔林,或雨林深处。
有时它走近我,仅一河之隔,
在芭蕉林和椰林交界处探出头。
有时叫着,渐行渐远,
宛若古老的未消失的物种,
带着与现代社会格格不入的孤独。
我多次向河对岸张望,
或躲在窗后窥视,
都未能一见它的真容。

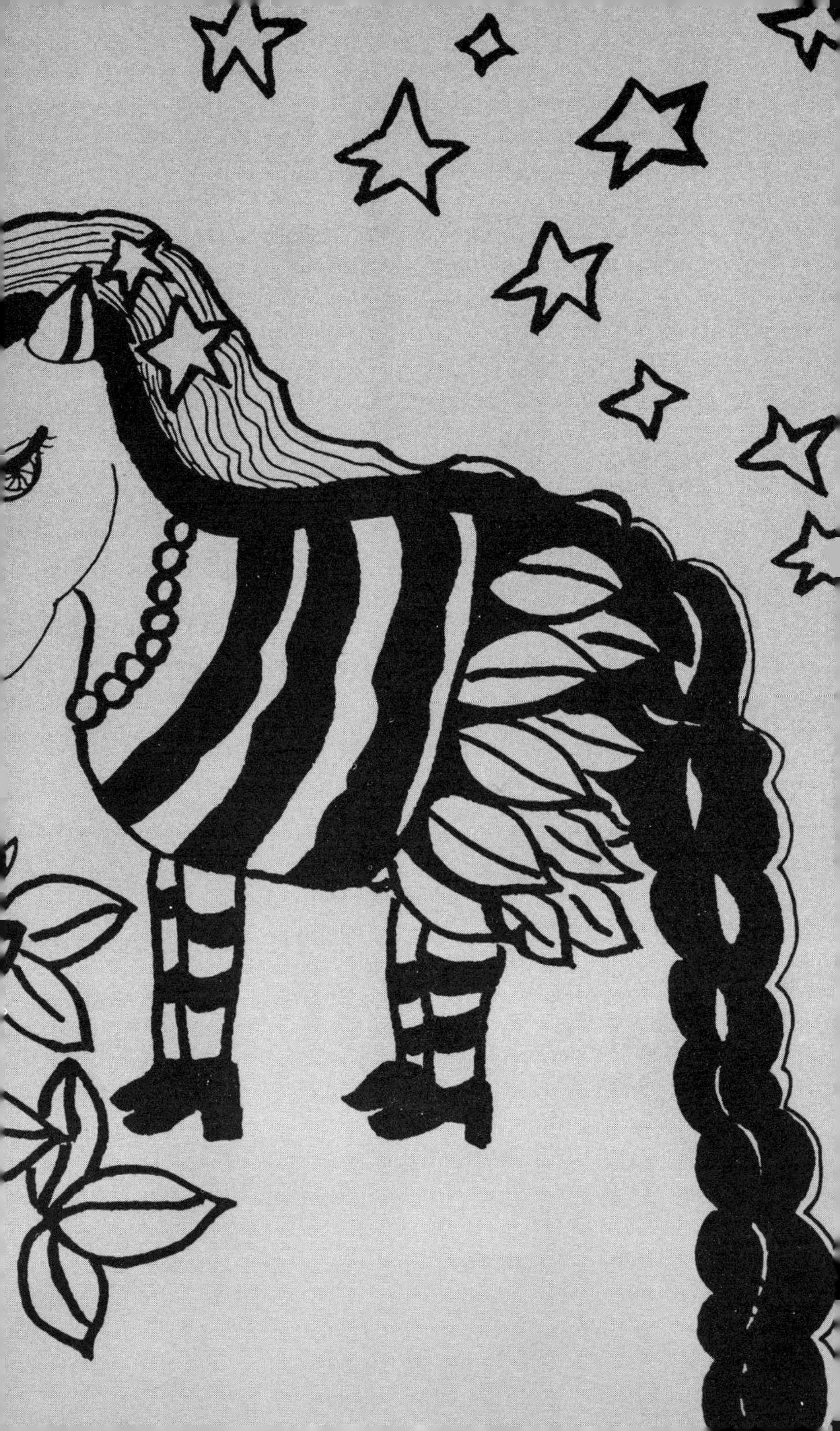

它的声音赋予它的形象是个庞然大物：
黑色皮肤，大猩猩一样可以直立行走，
它的脚掌踏实有力，但它的嘴却是长尖喙。
而它的眼睛，像人一样!
它看见我了吗？眼睛和它一样
大而温和，有点胆怯的女人。
我想向它伸出手：
"我们想认识你，奇特的朋友!
只是出于了解而不是伤害。"

但即使有一天真的遇到它，
这句谎言我也无法说出口。

2019. 2. 25

一场雪正在降临

一场雪正在降临
雪钟爱夜晚
纯洁的眼睛都是害羞的

你关掉灯,从窗口向外看
单纯而直率的雪啊
毫无心机地下着
你不出声,和雪默默契合

隐秘而易消失的美
你知道只有保持岑寂
方可留住神圣的事物

2019. 2. 28

月亮河

月亮之下我们有限的生命,
快乐是如此短暂。
而忧伤,弥久、真实。

我们仰头看天上的星星,越来越黯淡。
当我们坠入一个又一个黑夜,
像是进行一次又一次接近实战的
死亡演习。

我们怎样才能抓住一缕微风?
怎样跟随一只萤火虫,发出自己的光亮?
我们如何把一世的重量
安置在一首诗里?

在河边,
我们站立的形状不停地破碎,
但有人看见了时间之门的缝隙。

2019. 3. 7

一匹马

我从不敢走近一匹马
抚摸它的鬃毛和脖颈,看它温良地
低下头,在自身遮蔽的阴影里
蹄子踢打着地面

一匹在欧亚草原驰骋的马,它的神圣
不可企及
但一匹胫骨更薄,牙齿磨损的马
在人类高贵的征服下
却终生负重,跋涉

一辆辆汽车绝尘而去
有着名字、护照和档案的马,在细雨中
啃食青草,准备翻越一道道障碍
一匹马最了解
人,手中一旦拥有缰绳,便不会轻易松开

我远远看着一匹马
在夕阳中跃起,跪向天空
但我听不见它的嘶鸣

2019. 3. 9

逝者如斯

表针在墙上疾走,
那到了终点的人,
再也没见她返回。

春天,经冬的芍药都开了,
大海日夜歌唱。

她惦记的孩子,
对镜梳着花发。

2019. 3. 18

故　事

一只黑色条纹的猫，
听一位老人讲故事。

从猫的眼神看，
它更加江湖和老练。

老人因为年迈，
反而显得孱弱而天真。

但他们彼此都认为，
自己才是对方的主人。

2019.3.26

狐　仙

她跪着的地方
没有牌位

梦里，白胡子老翁指给她三味药方
救活了最后一个儿子

它通灵
最重要的是仁慈

她撩起围裙，一次次跪下去
青丝变白发

黝黑的大地发出咚咚的回响
眼前银光闪过

有情有义的众生啊
你心有慈悲，就有了佛性

2019.4.4

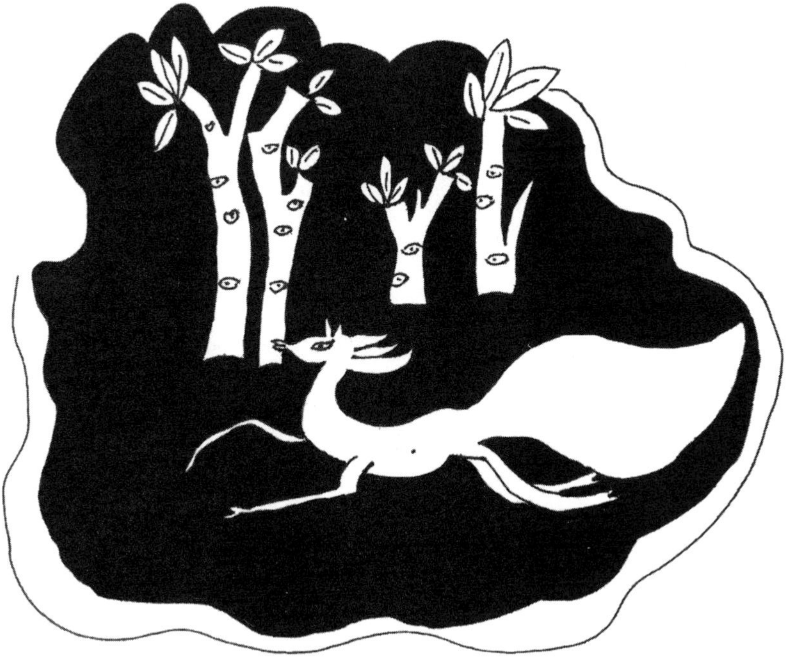

复活的蔷薇

蔷薇倒下的地方
白色魔咒封存了话语

女人赤裸于自身的花朵
经受呼啸的北风

早春的薄雪
在一声尖叫中融化

仿佛随着浑身发芽的荆棘复活
花儿也曾像我那样疯狂

如今,听着喜悦的雨
我最想要的是嫩绿的枝梢

2019.4.6

老式蛋糕

走在路上,
一场漫天大雪飘了下来。

说着过去的事,
我们擦去脸上的水珠。
说着现在的事,
我们的头发渐渐白了。

还能有多少这样的雪天?
两个老朋友,一起去蛋糕房,
做一块老式蛋糕。

2019.4.20

五一节想起父亲

我不赞美因欢愉而成为父亲的男人
但记得天不亮就起来劳作的父亲
劈木头的声响,采回蘑菇的喜悦
满锅的菜香……
在"劳动最光荣"歌声中起床的孩子
喜爱蜜蜂,对蝴蝶抱有成见

我常常在某个黄昏想起他
那个在太阳落山前弹起凤凰琴的人
特殊年代,一位被下放到
偏远乡村的教师——我的父亲
尽管我个人的苦难
和他有着很大的关系
但作为父亲,他先后养活了八个孩子
除去我,也还有七个

七十岁以后,他愈加消瘦
英俊眉宇间隐现愁苦
后来得知他患了癌症
可从未听他喊过一句疼痛
这个男人,他把命运中的一切都承担着

以劳动者的身份走完一生
更是选择了"五一劳动节"这一天
离开了我们

十二年了,春节时他拄着拐杖
为孩子们煮粥的背影还在我眼前晃动
母亲说他热爱劳动
我不知道世上有没有真正热爱劳动的人
但我愿意以一生的勤劳
向他感恩和致敬

2019. 5. 1

如果上帝的箱子空空如也

如果上帝的箱子空空如也,
我在人世间想要的东西还能有什么?
如果春天不是为我而来,
我离去了花儿还会开,
我为什么要在意它们?
如果现在也是过去,现实终成虚幻,
我期待的未来又将怎样?
如果每个明天都是接近死亡……
但清晨荷包牡丹上垂挂的露珠
又是多么美妙!

2019. 5. 3

雨的消息

夜晚，雨从高处落下来
敲击铁艺围栏的声响

好像前年或更早，我在五月
杏花一夕凋零

我哀怜她们仓促的青春
而雨却像一场精致的葬礼

让人想起逝去岁月中
那些伤感的细节

2019.5.6

自　由

自由就是赤脚踩在沙滩上
全世界的幸福都是你的
而你并不想带走任何一粒沙子

2019. 5. 12

蜜蜂是神派来的

蜜蜂是神派来的,
准确无误地落在第一朵杏花上,
用脚踢着花粉。

又扭过头警惕地瞪着我,
大眼睛像个外星人。

哎呀,蜜蜂!
我只是来看看春天,
并不采蜜。

2019. 5. 20

不速之客

一只大黑猫,
主人一样出现在花园。
看到海棠树后侍弄花草的我,
它停下来,审视了我三秒钟。
在这三秒钟里,
我听见自己紧张的心跳,
甚至产生了逃走的念头。
好像我才是那闯进花园的
不速之客。

2019.5.20

领　地

我日常对两只猫的观察结论是：
上午黑花猫出现在花园，下午是小黄猫。
我的花园在领域上已被划分。

黑花猫威风凛凛，
小黄猫温柔、娴静。

但有时喜鹊似乎更有势力。
有几次我看见它从槭树上飞下来，
对猫大喊大叫，挥翅赶它们走。

前年冬天，我的花园里
还住进一只兔子，天黑后才现身。
那一年，我差点儿失去自己的家。

2019. 5. 26

辑五 花楸与喜鹊

一只蜜蜂落在我的手上

一只蜜蜂落在我的手上,
把食指当成工作台。

它熟练地从顶部卸下花粉,
用唾液黏起来,
庄重得像塑造四块金砖。

由于紧张,我的手颤抖了一下。
蜜蜂慌忙拾起花粉飞走了。

但它留下了最大的那块,
作为昂贵的场地费。

2019. 6. 10

每一朵玫瑰都是纯洁的

那女孩见过丑陋的灰熊蜂
在玫瑰花蕾上

她带着羞耻长大
并感受日后爱的罪恶

像是周期性的噩梦
她年复一年地寻找那朵花

在六月的群芳中辨认
但它却永远消失了

她看到每一朵玫瑰都是纯洁的

2019. 6. 12

一条上钩的鱼

那条鱼在晨曦中
像翻卷的银色表带
鳞片闪耀金属光泽

一条具有社交性的鱼
此刻它无法吐出危险的猎物
索性放弃了空中表演
在钓竿上直挺挺地挂着
精美而独特

他喜欢它潮湿,安静
粉红嘴唇上的伤害楚楚动人

2019. 6. 13

蜜蜂直升机

蜜蜂直升机在薄荷花上盘旋。
请带上我,蜜蜂!
为此我将变得很小,很小……
哪怕,只是一粒花粉。

2019. 6. 15

院子里有许多鸟

（仿帕斯）

院子里有许多鸟，
宛如有人摇晃扑满里的硬币。
我和孩子一样，
喜欢糖果和小人书。
此刻，红色石竹花
静默地开在墙角。
而我的心是一只快乐的小鸟！

2019. 6. 25

小 人

小时候,奶奶告诉我:
梦到小男孩,
就会出现小人。

昨晚,
我梦到一个小男孩,
在我手心里站着。

我逗他玩耍,
他像陀螺一样旋转,
开心地咯咯笑。

如果我的生活中
真出现了小人,
也这样可爱就好了。

2019. 7. 3

北戴河诗篇

急雨拍打大地的声音
变得缓和,海在不远处沉睡。
我喜欢这大自然音响中的寂静。

当雨声完全停止,
我站在窗口向外眺望——

红色瓦顶下,松柏更加苍翠。
一只看不见的喜鹊,正反复吟诵
北戴河诗篇中最动人的一句。

2019. 7. 11

七月的礼物

七月给我太阳的种子
镶满钻石的苍穹

给我红宝石的醋栗
黄晶杏子,粉晶蜜桃

七月给我紫玉的串铃草、水苏
黄金的百合和疗愁花

七月给我翡翠鸟鸣的乐音
白蝴蝶的扇子,沫蝉彩虹的童话

而这些都是因为,七月把你给了我
我亲爱的孩子

你是所有宝贝中最宝贝的
当我注视你,便是诗人注视着整个世界

2019. 7. 12

昙 花

夜晚,昙花仙子抖着白羽箭
打开雪的衣裙

而那些托着蝴蝶的精灵们
正成群结队地穿过树林

哦,夜游者,羞涩的女孩们
天空和大地的尤物

你们在黑暗的最深处
歌唱爱和光明

2019.7.15

猫头鹰

夜晚,一张嘴吹着树叶——
猫头鹰蹚过天空的河流,
木棒敲击百米外的水面。

直到一个黄昏,我在小区某个
窗台上, 清楚地看见了它——
目光犀利,神意自若——
是位久居客。

"前年冬天,一场雪后
松树上落了整整七只猫头鹰,
七只……"
他像用沙子梦幻般作画。

酷刑的天气,冷月的弯刀!
我记得那个冬天,
那棵松树后来死了。
园子里,也再没看到过一只老鼠。

2019. 8. 9

雾

雾,悄然靠近
围住楼房,吹熄灯光

早晨,雾分给白桦树一些金币
让喜鹊重回森林

2019. 8. 29

孤　独

每天晚上当我关了灯
一个人躺在床上，被黑暗完全吞噬
我知道这孤独与生俱来

而当我想到哪怕在将来
也是我一个人的名字
刻在某个墓碑上

我又觉得孤独于我
才是最为深情的爱人

2019. 9. 20

秋　后

蚂蚱穿着褐色铠甲，
从木台一端走向另一端。

它愤怒的眼睛瞪视前方，
像在寻找对手而不是避难所。

九月，
杂草已经泛黄。

白蝴蝶斜着身子飞过，
蜻蜓的躯壳黏附在草叶上。

蚂蚱沉稳前进，
仿佛孤身的将军穿过沙场。

强大的气势，
令秋天的战事陡然逆转。

2019.9.26

猫　说

我不觉得人类的语言多么高级。
它没有公鸡响亮，逊于狗的铿锵，
不如鸟鸣婉转，更缺乏鹅的耿直。

说它更为复杂倒很相称——
有时候小声说话不是温柔而是恐惧，
唱歌不是因为快乐而是忧伤。
"是"往往是"不是"。
又有时它发出蜜糖或射出子弹，
构筑海市蜃楼也制造深渊。

只有婴儿的语言才是可爱的。
我们乐于和婴儿说话，
在夜晚——
用猫的语音、语法和词汇。

2019.9.29

花楸与喜鹊

蓝色条纹包裹着的母亲,
有一双亮着秋天的眼睛。

花楸是她最后的火焰,
喜鹊不分四季地啼鸣。

大自然不因任何一片叶子凋谢
而哀伤:必有死,必有生。

2019. 10. 17

我看见你，像是另一个自己

掀开被子，我看见你
八十七岁的肌肤，细腻、光滑
笔直而修长的腿
令我惊异，像是看到另一个自己
在此之前，我从来不知道
我与你竟如此相像——
我们所有一致的地方都被掩盖着
正如我们之间的情感，一直在遏制中
很长一段时间，称呼你为"妈妈"
甚至是危险的行为
我总是故意忽视你
而你背光坐着，苍白的脸在阴影里
我不知道你是悲伤还是欣慰
我们像在隐秘的错误中相爱的人
你不是我的母亲
我也不是你的女儿
而我更是爱恨纠葛中的那个
此刻给你更衣，看病床上的你
细长的手指惊慌地滑过
乳房上的红痣，腹股沟的轮廓
一一对应着我身体的各个部位

那些秘密的标记
证据一样存在
我与你是无法割舍的母女关系
母亲,我原本可以更爱你
可是却不能
我后来也可以更爱你
可是却没有
如今我只有绝望
如今别离仍是我们唯一的结局

2019.10.20

火　焰

你虚弱地喊我
用手指着：胃里面有火
妈妈，我已竭尽全力
所有的水分都丧失
你身体里的野兽拿着火把
也在炙烤我的喉咙
我已干涸，头发一夜斑白
燃烧时，我仍捡拾着童年的树枝
火焰高涨
你，我的母亲，在蓝天下跳舞
记忆中的歌声喑哑
夜幕降临
你把我留给穿黑色斗篷的人
我曾日夜思念
草原上，你旋转的身姿
黝黑的粗长发辫
你抚触过我的温热手掌
你哄骗我的话语
在我多次记起后
又一次次被遗忘
但此刻，火光映照着

我们的痛苦，像沙漠的蜃楼重建

我不曾忘记，妈妈

亦未真的恨过

我早已接受了一枚棋子的命运

我就是那粒小卒

在最弱小的时候，闯进千军万马

不能够回头

但我自以为是强者

躲过捕杀，横着走路

直到今天，我才承认

即便牺牲，也换不回你的赢局

我只能看着你受苦，妈妈

这就是残酷的人生

你给了我生命

我却不能给你生命

你舍弃了我

我不想放弃你，却留不住你

妈妈，让我握住你的手

就让那火焰在我们手心里燃烧

我们再也不会感到寒冷了，妈妈

爱的火焰永不会熄灭

2019. 10. 21

后来母亲听我的话

后来母亲听我的话
却是我在蒙骗她
我告诉她多喝水就能好起来
吃苦的药就能退烧

现在我站在她身边
她的左耳不再倾听过来
她的嘴唇紧闭,不再点头
她不会突然抓紧我的手

母亲,你要跟随那金色的光明
去你该去的地方
这句话是真实语
请最后信我一次

2019. 10. 25

我试图看见你

我试图看见你
在你离开的那个夜晚
曾经,你的影子
总是在我睡着时来到
轻抚我的头发
母亲,就在三个月前
我去探望你
你突然拉住我的手
说出愧疚的话

我多想再看见你啊
母亲!在你离开的第七个夜晚
我祈望你能来到
这座你曾住过的房子
我开着门等你
我坐在餐厅楼梯的椅子上
想看见你轻盈地走上来
——母亲
我还能为你做些什么

可是母亲

你像真的去了另一个地方
那里如你所愿般美好
宝树闪耀着光明
你踩着黄金大道
去莲池聆听水的妙音

清净自由的你啊
多么喜乐！母亲
但我知你一定还会回来
就在你离去的前几天
你告诉我
你还有一个最喜爱的名字
叫净度

2019．11．6

你在小雪的夜里来过

你在小雪的夜里来过,
布置了奇异梦境。

一根巨大的参天石柱,
宽阔台面上,站满身穿祖衣的人。
香灰燃出敬拜的形态。

我与人讨论初一和十五的饮食;
我给坐在身边的女人
看一段精妙的文字;
有人说起哲学;
有人端来米、蔬菜,
熬制一锅粥。

母亲,我知道如此殊胜的场景,
是你告诉我:
你去了想去的地方。
我若与你相见,
需走你的路。

2019.11.23

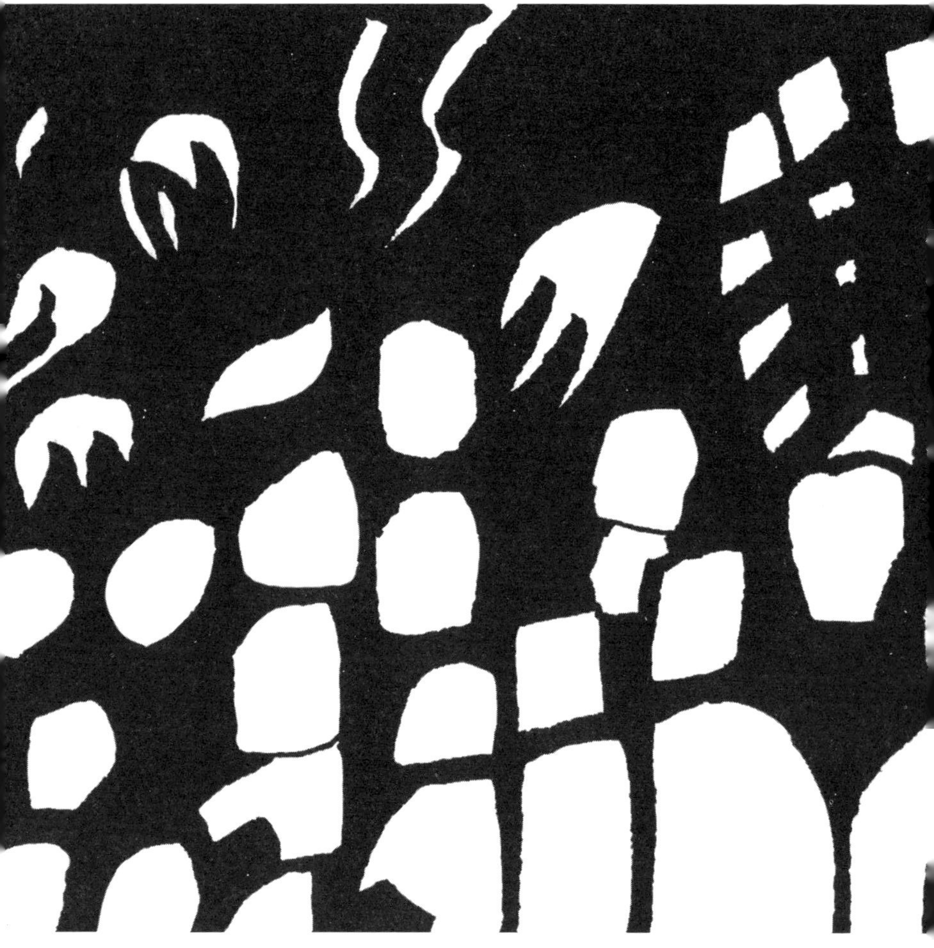

我现在把一切都当成幻景

下雪了
人们在街上走
忘记了遥远的故乡

他们享受着梦境
像夜行的汽车,关闭了远灯
只看眼前的路

可悲啊
我现在把一切都当成幻景
当我亲眼看到母亲呼吸停止

就在前一天
她还要吃南国梨
并点头夸赞它味道鲜美

2019.11.30

海上观音

我母亲抬头看见海上观音时,
我正搀扶着她。
我们一同站在三亚的阳光下,
仰望着。

今天,我一个人站在这里,
看起来安闲,平静。

但我想起了五年前我母亲的眼泪。
也记得今天是她离开
七七四十九天的日子。

2019. 12. 13

那个女孩

八十二岁时
在海南
母亲抱着一棵椰子树
少女一样仰头
开心地笑

在大海边
她令我
松开搀扶她的手臂
于海浪冲击过来的瞬间
为她拍照

母亲啊
你心里一直住着那个女孩
她自由,浪漫

可在长达五十六年的时间里
你都被人用尺子衡量着
是不是一个合格的母亲

2019. 12. 16

冬天来了

冬天来了,
江水变冷。

石头,那被摧残却一直沉默的,
用痛苦换取着尊严。

我们的父母,树木一样
倒下又消失。

我们的爱情像芦苇,
一片迷茫。

只有我们的孩子奔跑着,
像穿过黑夜之网的星星!

2019. 12. 20

辑六 我看移动的云

有人在路边卖梳子

有人在路边卖梳子
像往常一样,我想为母亲挑选一把
随即我离开了
在三角梅旁我哭泣着
这是 2020 年第二天
我的母亲留在了 2019 年
她曾说过
把我送走的那一年
她的头发全白了

2020.1.2

诗 人

他奇异的思想
包裹在普通的外套里
只在夜深人静时才脱掉它
露出嶙峋的骨骼

月光下,他仔细挑拣着文字
如同巫师在一副纸牌里
抽取人类的命运

2020. 2. 10

我们永远不会失散

遥远的车站。
她们下车后,我从窗子向外递包裹。
火车陡然开了!
我看见她们挥动着手臂
向后退去。
那一年我十岁。
当一个陌生女人
带我搭乘货车找回来时,
车站正广播着我的名字。
我的妈妈抱住了我。

如今,她们又都在我之前下了车。
火车依旧前行。
孤独和怀念——
我们的旅程就是这样。
有一天,火车停在我一无所知的站台。
我走下来时,
会记得我妈妈的话:
"我们永远不会失散!"
无论多遥远,

我都能找到她们。

2020. 4. 3

数　数

有人在数数,
他实在数不清是多少了。
我们无法数得清天空坠落的飞鸟,
被践踏过的蚂蚁,
割掉的草,海水里的沙。
数不清为了活着流过多少泪。
更不知道最后的死亡,
算不算一个数字。

2020. 4. 5

梦中得句

我宣布墨水无效。

2020. 4. 15

挥　霍

我时常跟随我的灵魂，
来到并不存在的人群中。
新的世界并不令我惊奇。

但我会在梦里写诗，而且是杰作。
我记住了那些光辉的诗句，
醒来却忘得干干净净。

哦，我拿不走我灵魂的诗歌！
在我身体和智慧无法到达的地方，
它游荡，挥霍着天才的语言。

2020.4.19

只有梦境才是我的杰作

单行道
前方出现标牌
"禁止通行"
但亲人还在道路的那一头
就这样永隔吗
我蓦然意识到是在梦中
所有的禁令对我都不存在
我的汽车猛冲
钢铁巨人掀翻木板
我的威力接通了天上的闪电
仿佛词语在雷鸣中不断喘息
只有我的梦境才是我的杰作

2020. 4. 20

死去的时间复活

死去的时间复活
出售漫画和皮鞋
收集破洞口罩
擦拭拳头

那些已故的人,给每个人准备了
红色高领套头衫
人们坐上车,像发烧的羔羊
在梦境中穿越黢黑的隧道

2020. 4. 20

知更鸟

时而,她的胸口、面部被染红。
但愤怒让她获得了力量。

她曾经一味退让,被杀死多次。
如今面对侵略者,只想战斗。

而另一些时候,在花园、林间、田野,
你会看到一只勤劳的知更鸟

并不可怕——
她将把最后一支夜曲,献给你。

2020. 4. 21

薅洋辣罐

四月会下雪,
路上走来白色的旅人。

经由老宅,她依稀看见哥哥和妹妹
在操场上薅洋辣罐。

她望向天空,若大雁北归,
他们手中的食物就有毒。

风齿轮旋转,
坝上的孩子被苍耳圈追赶。

在异乡,她摆脱了纠缠的梦。
攀登,摘取凌空的花朵。

但自一个消失的地方,
雪从枝头落下,某种植物再次生长。

于久久的遗忘中,她辨认出
那颤抖的嘴唇触碰过的古老根部。

2020.4.28

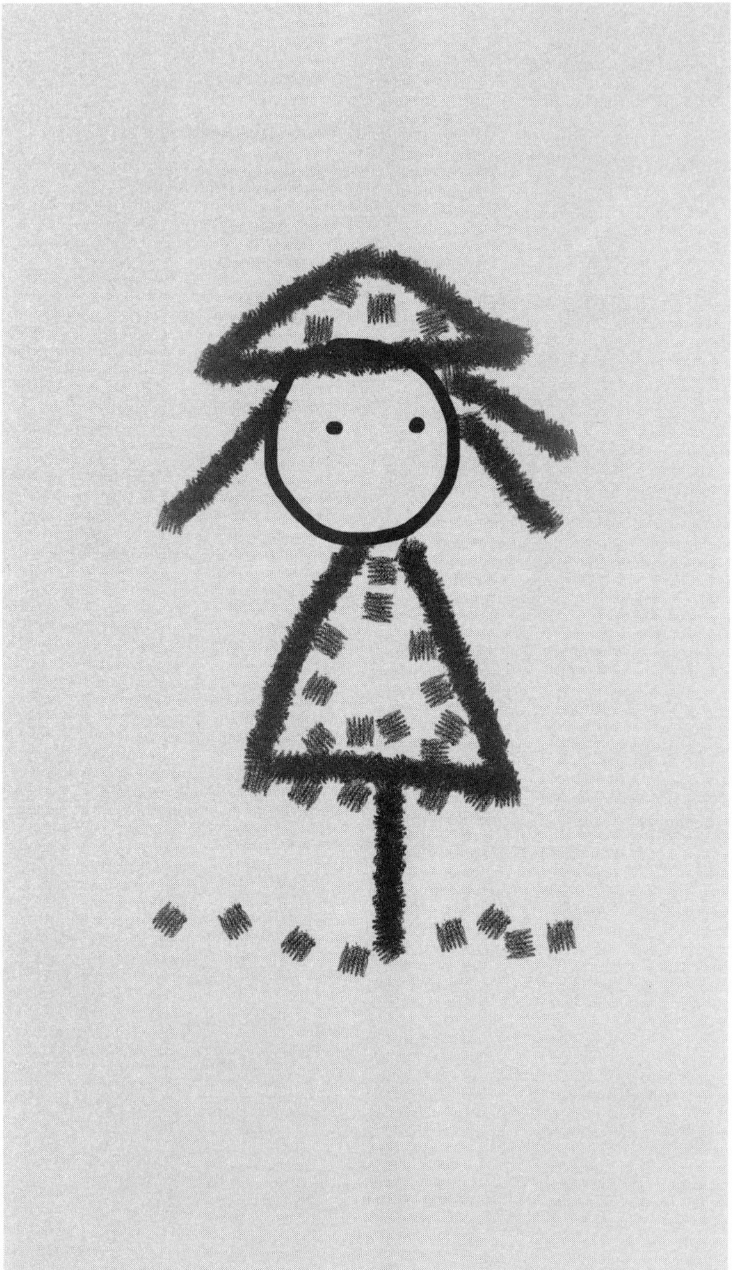

黄　鸟

早餐时间
它来到我的阳台
在一根藤条上
跳小步舞
穿着嫩黄的兜肚
为着能被写进
这首诗

2020.4.30

秘 密

5月5日,立夏
我喜爱这个节气
芍药、毛百合正在长高
紫花地丁开在木板的缝隙间
植物们每天都不一样
这让人觉得一切都在变好

只是我看到忘忧草
会触及伤感回忆
鼠尾草也让我想起母亲
或许自然与人类
有着某种相连的秘密

萝藦在园子里飞来飞去
也不知道为了什么

2020.5.5

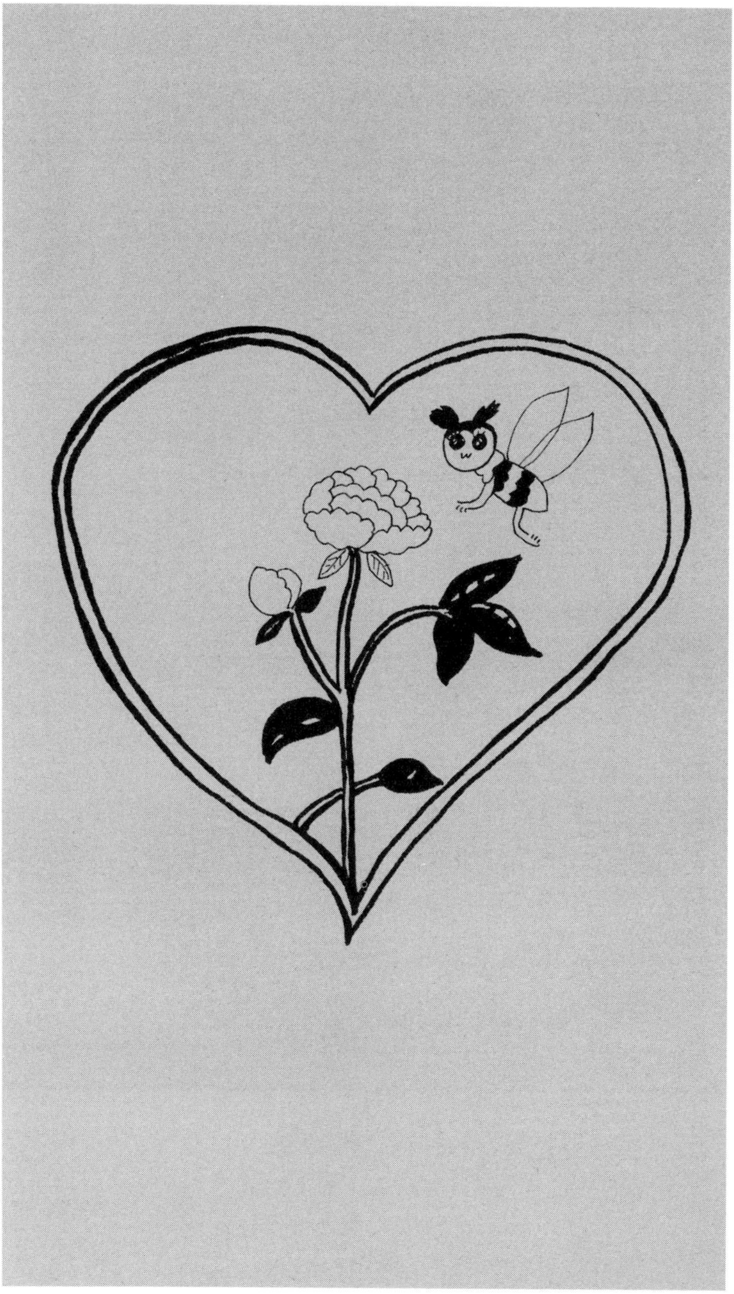

种　草

很少有人会认真种草，
只是随手撒下草籽。

一场雨后，它们就像从地里
齐刷刷钻出来的小兵。

草的一生都纷纷纭纭。
但花园里有草，才显得神秘。

今天，我种了蓝标高羊茅。
可我最喜欢蒲苇。

要是能把汉乐府和诗经
种在园子里，该有多么好！

2020.5.5

小香芹

我不知道当初为什么
要给小香芹种子催芽

我根本无法把那么小的芽苗
移植到植物盆中

我的一个手指头
便可覆盖它们成片的王国

但小香芹们不这样以为
它们密密麻麻地凑在一起

商议着要把我送进城中
只是找不到一万五千匹御马

2020.5.5

金色飞船

忽然,土块弹跳起来。
是蟾蜍!好似从地里翻出来的。
若是蚯蚓,我不会这样吃惊。
我看它从容去了红色芍药丛中。

这是五一节,哈尔滨松北区
反复播放着疫情警告。
除了劳作,我就只跟着卢梭散步,
或是观察某种植物。

但我也是近视眼,葡萄长出绿叶,
我竟以为萝藦复活了!
当我抬起头,看见
蓝天上驶过几只金色飞船。

2020.5.6

瓢泼大雨

瓢泼大雨我们不说话。
哪怕就一个下午就一会儿。
大地受福天上的甘霖,
什么流进我的身体?
亲爱的,我要你畅快淋漓,
要你一气呵成。
我要蜜蜂在花间来回采蜜,
树木和粮食万般生长,
河流诞生于赤色的沙漠。
智慧的人啊,终有一天,
我们也将抵达雨的深处!

2020.5.6

瑰奇的花儿

他走了几天,
回家时带回一丛植物。
茎秆像葱,一节节的花苞,
以前我从未见过这种花。

栽到花园靠近大门的陶罐后,
与玫瑰和复瓣儿芍药为邻,
很快开出带绒毛的紫花。
查找植物图谱,像是串铃草,
但是它的紫色更为浓郁。

有时候,他去田野考察,或在山上
看见瑰奇的花儿,
他想让我也看到它们。

2020.5.9

月 光

诗人在大洋彼岸的花园,
品尝一杯蜂蜜酒——非法酿制的美味。

但月季花开也没有许可证,
大海的吟唱也是。

如果眼泪被允许才能落下,
人们被允许才能相爱……

如果没有月光,
我们的话语将永久缺失。

2020.5.18

时间与另一个我

时间留下我

在一间房子里

父母全无

我所爱的事物都背叛了我

从打碎的镜子里

看书籍中消失的脸

揭记忆的伤疤

像翻一张熟悉的底牌

但我知还有另一个我

超然于时间之外

2020.6.5

杀死布谷鸟

一定是那女人杀死了布谷鸟
不久前她咒骂
布谷鸟的叫声让她彻夜难眠
我们说半夜鸣叫的是猫头鹰
她就开始攻击我们
好像我们是布谷鸟的同谋
好吧,我的确喜欢布谷鸟
每年小满节气都盼着它来
清晨听到布谷鸟叫声
我会感到幸福
多么好!布谷鸟鸣叫的季节
树叶绿得明亮
芍药正酝酿着怎么开
每到这个季节我的爱情都会回来
可竟然有人痛恨布谷鸟
录下它的声音
像每个杀手所做的准备一样
她说有长焦镜头
我怀疑她暗指狙击枪
在一个个不眠的夜里
她把枪口一次次对准它

十字星在黑暗中移动
终于,一颗仇恨的子弹射了出去
布谷鸟死了
不,不是狙击枪,是霰弹枪——
命中概率高,侵彻杀伤效果好
但开枪者不知道的事实是:
布谷鸟是杀不死的
除非她能够谋杀每一个春天

2020.7.2

我的梦给我另外的生活

我的梦给我另外的生活。
身体失去自由,
在梦里我却无处不往。
越过森林,
与火焰在天上格斗。
在一座宫殿前我乘坐马车。
去某个诡异的村庄,
看见从来没见过的奇异花朵。
我在梦中写诗:
"爱复说已远……"
而现实中,我总在构建人生,
目标明确地想成为什么人。
我的梦则给我更多种可能,
更多的不确定性……
哦,我的梦!
我不知道我更想住在哪所房子里,
哪里更少痛苦,更多幸福……
我可有选择的权利?
我能否摆脱它们独立存在?
我又能存在多久?
如果一切都是沉默的给予和剥夺,

我只是在感知，
直至无法感知……
什么又是我最应看重的事情？
什么，是永恒不变的真理？
得不到世界的回答。
夜晚结束，一束白昼之光降临。

2020. 7. 3

鸟儿从我头顶飞过

鸟儿飞过——
若没有别的人也看见,
我会疑心鸟儿飞过是幻觉。

鸟儿飞过!
光芒照亮羽翅、嘴巴和脚蹼。
它飞翔的姿势太美,
消失的速度更过快。
莫非我希望鸟儿留在天空?

鸟儿飞过!
事实离开,记忆停留。
记忆消散,归去虚无。

2020.7.8

去年秋天以来

她仰卧着,云在天空聚集。
她转过头,只读一首诗的时间,
一朵云都不见了。

那么多事物在向她展示幻灭。
去年秋天以来,她眼前总有母亲,
双手合上又打开。

只有痛苦是真实的。
她仿佛看到了母亲走动的背影,
向远方,也是回家。

2020. 7. 21

梦中的房子

即便在梦中,
那座房子也是我未曾住过的。
但它早就存在。
我是那么熟悉它——
床的位置,手绘的瓷板画衣柜门……
为了证明这座房子真是我的,
我的梦,把花瓶上的一朵牡丹放大。
就是这朵牡丹,我曾多次想画它。
我也确有过这样一只花瓶,
不知何时,它丢失了。
我丢失了太多的花瓶。
如今只剩下带有石榴图案的一只。
是的,我的金表也丢失了。
银筷子和银勺也丢失了。
我知道偷盗者是谁,
但并没有索要。
因为她至今依然贫困,
而且越发苍老悲凉。
如今我住在另一所房子里,
每个房间都布满阳光。
我的花草繁茂,

有读不完的书籍……
只在梦里我才看到那些失踪的事物,
我叙述它们,像在一部剧中,
在另一个它们存在过的地方。
即便以后我不再做梦,
也相信它们永不会消失。

2020.8.4

就要下雪了

秋天在刚进入夏季时来临。
整夜鸣叫吧,花园!

春天时我就已老去,
而爱情比青春早逝,

永恒比瞬间更快。
母亲的脸从星空上消失……

就要下雪了,
我等待最后的寂静之声。

2020.8.5

入睡前，无限的空间

入睡前，无限的空间，
众多双眼睛望向我。
像是人类的眼睛，
但绝非我所见到的人类。
它们不停地变形、重塑各种形态，
演变宏大场景，
又瞬间化为某个具体的事物。
它们像是来自另外的世界，
又似我久远的记忆重现。
醒来，我想把它们讲述出来，
但太多的迷惑
令我无法真实地讲述。

2020.8.23

美莎克

昨夜，我看见美莎克
在墙上跳舞。与此同时
她也在窗外弹奏摧毁的音乐。

她有上万只脚和上万只手——
踩踏脆弱的存在，掀开
一切黑暗中的事实。

她在我们每个人的心里大笑。
她的眼泪让我们继续安睡。

2020.9.4

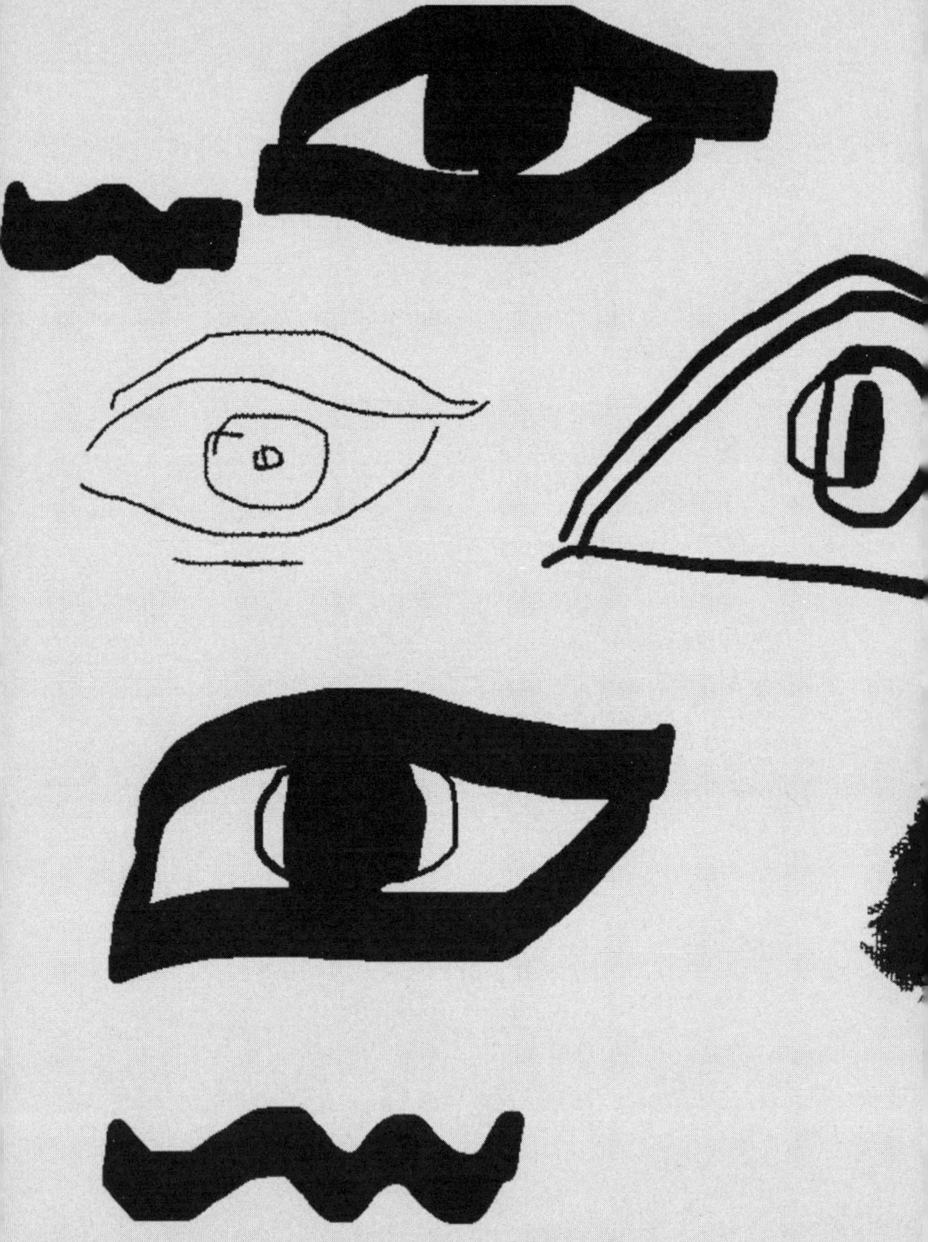

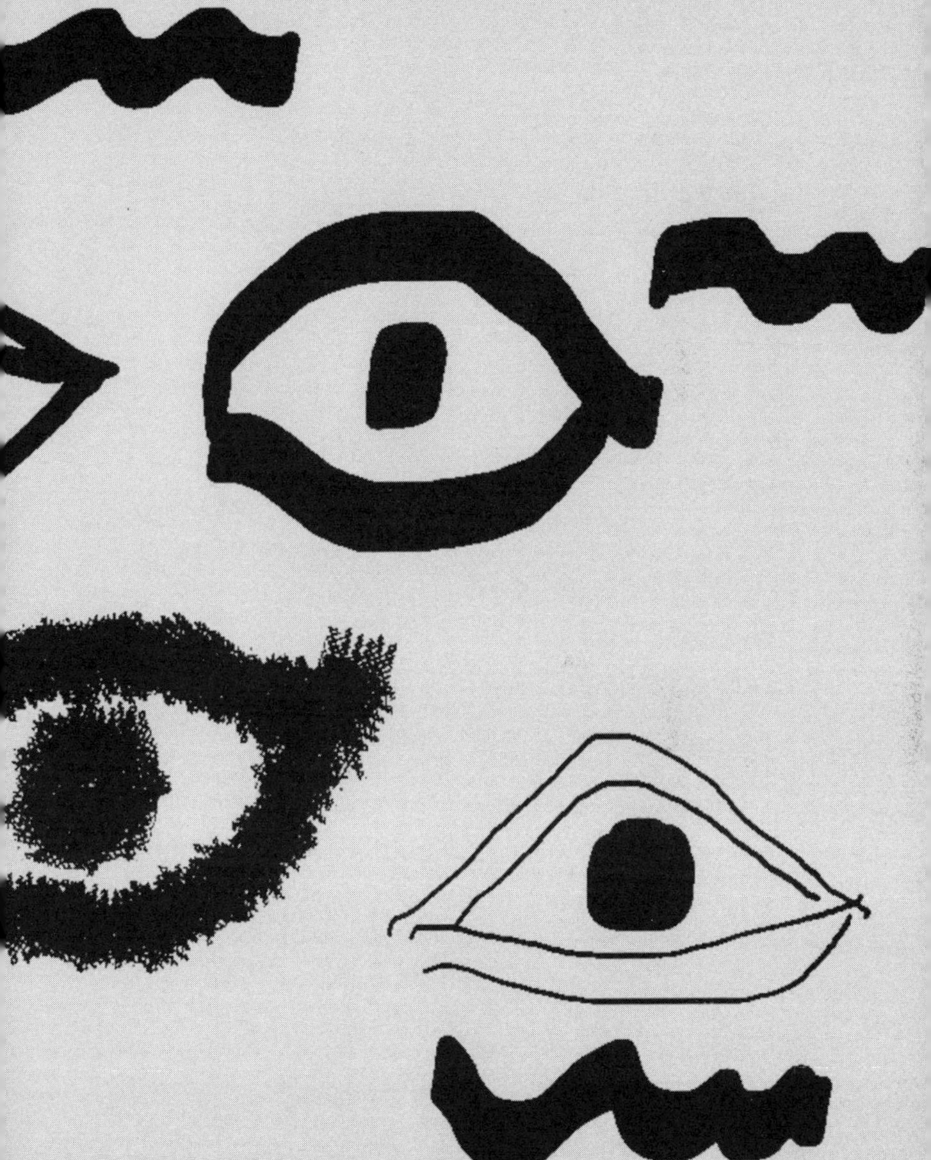

我看移动的云

我看移动的云。
樱桃树下,
蓝菊花走在通往寒冷的路上。

生活会改变。
我们将变成另一个人。
"那究竟是什么?"

过去,我常常对某些事物追问,
但现在不会了。
我明白中途没有答案。

  2020. 9. 5

同　一

梦里的母亲，
和那前来责备我的女人是同一个。

我帮母亲寻找她送出去的孩子，
成年的我和那失踪的孩子是同一个。

我在梦中感受到的所有痛苦，
和我经历的人生是同一个。

如果我能分辨出事物的不同，
也能知晓事物本质的同一。

2020. 9. 19

疼　痛

疼痛并不那么可怕，
相比麻木。
我同情那永远不会悲伤的人。
我常常被泪水打动，
也相信一首哀歌的力量。

2020. 10. 11

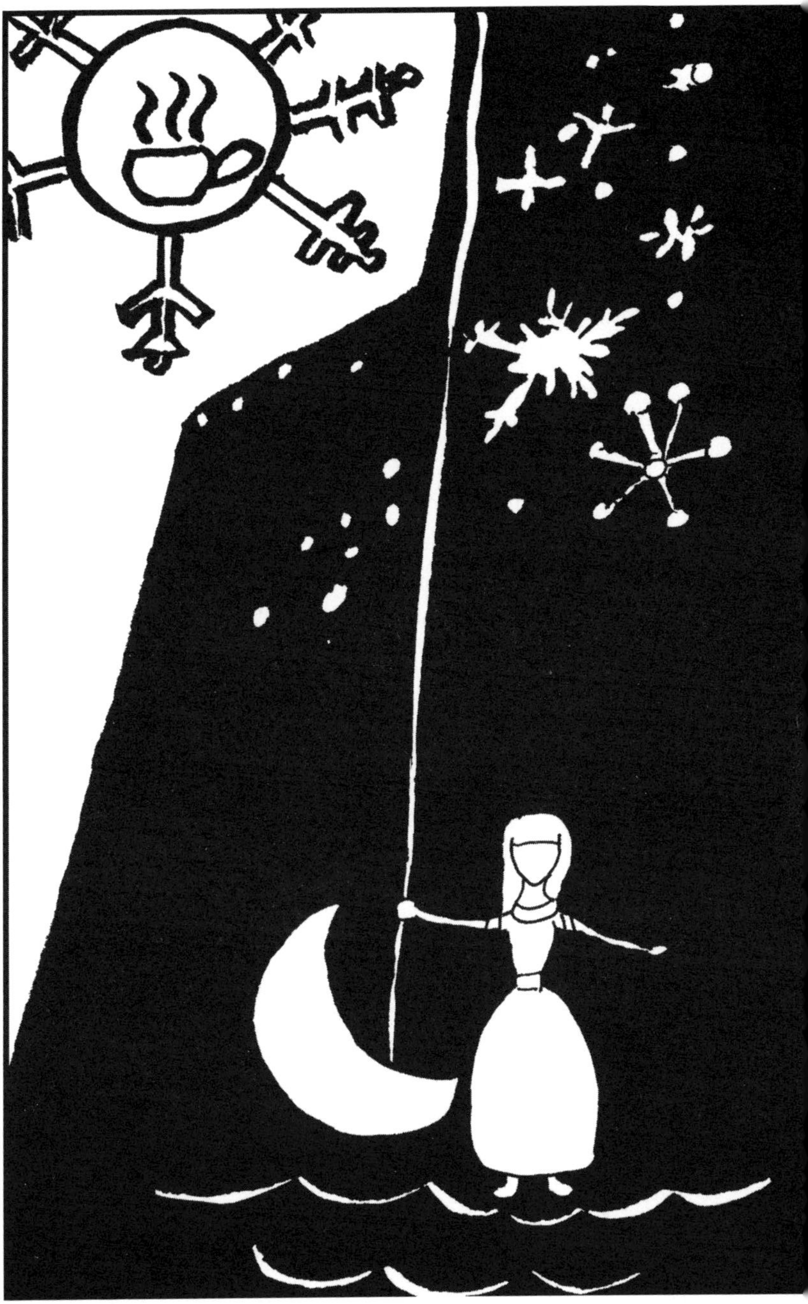

行星合月

谁怜悯我们,让月亮冲破云层
金星穿过尘埃
夜晚之树悬挂火红的橙子

谁给我们金星合月的惊喜
火星合月的炽热
让痛苦的人仍然相信爱

给我们一月的天空
和新一年的古老赞美

2020. 10. 15

在楼顶我看见你走向我

在堆满木材的楼顶
我看见你走向我
这是长久痛苦找寻后的安慰

但当我哭着拥抱你时
你并无任何情绪

一个更为详尽的梦
只是以一首诗来记述
必须省略和节制

2020. 10. 21

没有一片叶子的眼睛

没有一片叶子的眼睛。
乌鸦从枯枝上飞起,
如同战场的孤魂。

还有什么,在这废墟之上。
兔子和野猫,神一样降临?
风——哨兵,时而卷起雪的硝烟?

历史将继续抹去和掩埋。
但有人在蓟倒下的地方,俯下身,
聆听并记录它根的私语。

2020. 11. 16

辑七 家乡的雪

我生命的拯救者

我生命的拯救者——
黑夜闪耀的天使。

在复活的花园,
我以赞美的心,
采摘一朵蔷薇送给他。

他欣然接受:
"去爱大地上的花朵。
如若飞翔,请扔掉宝石。"

2021. 2. 1

来访者

深夜
来访者在空着的屋子里
翻阅过期杂志

灯光熄灭时
道路隐匿
词语被时间的海水吞没

2021.2.8

新年的第一首诗

荒凉的窗外,让我想象
这里不久将会建成一所学校
商场一样繁华
孩子们放学时大声喧闹
一个孩子尖叫着扑向我
而我有着年轻时从未在意过的容颜

哦,一切过去和未来
如果我能触及
我愿意一遍遍伸出手
抚摸,试探
我更愿意千百次地珍惜此刻——

我的丈夫和儿子安静地睡着
我在写新年的第一首诗

2021. 2. 14

樱　花

看樱花去
早樱谢了
粉红中樱才开

问园林小姑娘
早樱好看吗
白色，一阵风就落

那晚樱呢
晚樱
我还没见过它开花呢

2021.2.25

我爱过，在一个梦里

我爱过，在一个梦里
在岛上
我被暖香的海风吹得醉了
看见一叶扁舟浮现的人
喧哗中主角出场的寂静
突然降临的美
只有幻想的爱才圆满
在异乡蓝色的梦里
涨潮的海水覆盖着奇异珠贝
我被神秘月光照耀
哦，我爱过，在一个梦里
当潮水退去
我孑立海滩之上
听远去的涛声直至沉寂
我不再寻找你
也未曾拥有你
我爱过，在一个梦里
我只爱过我的梦

2021. 3. 3

雪很白

雪很白,就好像
是雪的光
使天空更明亮
但空气里排列着冷锐的兵器

但仍有结香花的香气
自遥远的地方
扑面而来

2021. 3. 22

冬天来临前

春日那么疯狂。
菩萨啊！夏天很苦。
请把慈悲的水，
滴洒在我的头顶。

让我站立起来。
看秋风吹过金黄的原野，
花朵在缓慢的水中飘荡。

冬天来临前，我们将
埋葬掉所有的落叶。

2021.3.22

侧金盏花开了

侧金盏花开了
矮矮的,贴着地面

你瞧不上
可蜜蜂来了呀

我的春天迟
我的喜悦小

太阳照着你
太阳照着我

2021. 4. 1

我常常想我的亲人们

我常常想我的亲人们
具备何种神通
在另一个世界生活

清明节不送纸钱
他们会挨饿吗
活着的人无法知道那个世界

但亡者了解我们
因此他们不向我们提出
任何要求

只在我们孤单时
才坐在我们身旁
模糊，黯淡

并且和生前一样
安静

2021.4.4

仁　慈

近年来我对死亡的消息
越来越淡漠。

像是习惯了对某种必然之事的理解，
或接受了生活给予的无奈。

有时候我微笑，
因为我厌倦了哭泣。

命运是否留给我们整理行李的时间，
以及怎样才算是他的仁慈？

如果我可以继续写诗，
便是得到了足够的仁慈。

2021. 4. 7

今年，我的花园将自己盛开

今年，我的花园将自己盛开，
所有植物都会按照自己的方式生长。

花园变成什么是它的事。
我也将获得新的自由。

2021. 4. 8

凌晨五点

凌晨五点
一只喜鹊在松树上叫
像链条松弛的机器

2021. 4. 11

去昭明禅寺

去昭明禅寺
遇到出坡背山的师兄
闪在路旁

他亦停下来,颔首合掌
阿弥陀佛
真是欢喜啊

2021. 5. 15

路过邹城

路过邹城
我住了一晚
为了与孟子为邻

2021. 5. 18

三只松鼠

在小区院子里,
发现三只松鼠。

一只在爬树,
一只回头看。

还有一只,
大大的眼睛盯着我。

哦,三只小松鼠,
你们是一家人吗?

还是三个好朋友,
写完了作业一起玩耍?

2021. 6. 5

家乡的雪

在热带的小雪节气
她看到了雪

雪从广漠的平原吹来
飞舞过白杨树梢

在哈尔滨石头街道上
雪打着转儿

雪从教堂屋顶、鸽子的翅膀下
轻轻抖落

雪停留在
郊外的某一座花园

谁看到了雪
谁的眼睛就依然明亮

谁就回到了家乡
回到了朋友们的中间

2021. 11. 22

白　鹭

半明半暗中
一只白鹭落在河中浅滩上
又进入水中浮游

美
今夜我看见了你
用我那噙满黑色泪水的眼睛

2022. 1. 19

亲　人

出院后，在桂花树下，
我们一边吃饭，
一边谈论杭州的天气。

丈夫把东坡肉里的瘦肉择出来，
放进我的碗里。
儿子小心地为我剔一块鱼骨。

进餐完毕，
我们都站了起来。
两个男人同时把手伸给我——

亲人！
虽然我看不清未来的道路，
但珍惜此刻的幸福。

2022.1.20

依然幸运

看不清眼前的物品
记不住刚发生的事情

老友发来照片
说起经霜的花朵
正在收获的葡萄
她的脸上才有笑意

遥远的世界
她也曾幸福地生活过

如今,她依然算得上幸运
活着,并且有朋友惦记

2022.2.2

感　谢

早晨，阴郁的天空
露出一点亮色

我感谢这一小块晴空
感谢儿时黑暗夜晚的星星

过去，我可以清晰地看见
野鸭在高空飞翔时的红脚蹼

今天，当白鹭飞过我眼前
我感谢那一道模糊的线条

从前，我喜欢在每一个春天
于丁香丛中寻觅五瓣的花朵

现在，一片梦幻的紫色
也令我感到幸运

我曾拥有那么多
我珍惜，也有未曾珍惜的时候

我感谢曾经拥有的一切
如今感谢剩余给我的一切

我感谢今天的我
依然还有你们的爱

2022. 2. 3

我们可以乘坐飞机了

我们可以乘坐飞机了!
先生坚定地告诉我。

我的一场大病,治愈了
他的飞行恐惧症。

我多年的噩梦也消失了,
甚至一个梦都不做。

是的,我们什么都不怕,
成为勇敢的人。

无有恐怖地活着,
为一餐简单的饭食感到幸福。

我们把沙滩上捡拾的贝壳,
当成稀世珍宝。

2022. 2. 7

母忆子

清晨,风甚凉,
露珠缀满草叶。
我们收获了芹菜、苦瓜和西红柿。

想起南方天气酷热,
儿子身体可否舒适?

大安法师讲:
"十方如来怜念众生,
如母忆子。"

2022.7.11

欢 喜

屋子里，崖柏手串
散发着香气——

我的心多么欢喜！
文钞、扇子、白茶……

朋友德儒寄来的，
样样都好。

一定啊，每日万声光明，
必见光明！

2023. 6. 17

后　记

我的城市哈尔滨，每年十月份就下雪。一直到第二年四月，还会有一场像样的大雪纷飞。近几年冬天，我像候鸟飞去海南。海边舒适的空气，让我疲惫的身心得以恢复。可是在那里，我更加想念家乡的雪。没有雪怎么算是冬天呢？

曾经，我有一个奇妙的花园（花园如今依然存在）。无论是蔷薇、鼠尾草、芍药，还是由它们招引来的蜜蜂、蝴蝶和蚂蚁；无论是帮我管理领地的小黄猫还是喜鹊……都是我生活的一部分。

有时候，我从一棵树前经过，嗅到它散发的独特气味；夜里，听一只热带鸟和我唠叨絮语；当我看到一条鱼在水里翻了一个身，如同我自己也转了一下身……我与它们，有着某种秘密的联系。我知道我应该写出它们，以它们的情感，用人类的文字。

而无论深夜或是黎明，记忆的细节和延伸的触角都在拨动着我身体里那根隐性琴弦。过去和现在，在一张卷曲的纸上连接了边缘。

我的亲人，我的朋友们，擦肩而过时予我玫瑰的人……我感念每一个善，亦不会忘记那些恶。但如今，我愿用一个"恕"字，放下它们。

每一个瞬间：一片雪花飘落，一次回眸，一场梦境，一个事件，一段思索……都可能会出现在我的诗里。这些都是我的生活，我的感受。就是这样，如果说世界上没有两片相同的树叶，又怎么会有相同的诗句呢？

尤其是那些不幸的生活。这本诗集里没有回避痛苦。但我聪明的读者们，你们也知道，文学作品不完全等同于生活。生活即诗，而诗并非就是生活。我的这本诗集是一枚镜子——一面是生活本来的样子，一面是它的光和影。

这本诗稿从整理到出版，经历了四年多的时间。在全球性的灾难面前，在我个人的苦难面前，我更加懂得了健康的宝贵、亲情友谊的珍贵。也更明晰了这一世生命价值的所在。

2023.8.7

图书在版编目（CIP）数据

一场雪正在降临 / 梁潇霏著. -- 武汉：长江文艺出版社，2023.9
ISBN 978-7-5702-2733-4

Ⅰ. ①一… Ⅱ. ①梁… Ⅲ. ①诗集－中国－当代 Ⅳ. ①I227

中国版本图书馆CIP数据核字（2022）第071810号

一场雪正在降临
YI CHANG XUE ZHENGZAI JIANGLIN

| 责任编辑：胡　璇 | 责任校对：毛季慧 |
| 封面设计：源画设计 | 责任印制：邱　莉　王光兴 |

出版：长江出版传媒　长江文艺出版社

地址：武汉市雄楚大街268号　　　邮编：430070
发行：长江文艺出版社
http://www.cjlap.com
印刷：湖北新华印务有限公司

开本：880毫米×1230毫米	1/32	印张：8.75
版次：2023年9月第1版		2023年9月第1次印刷
行数：6390行		

定价：48.00元

版权所有，盗版必究（举报电话：027—87679308　87679310）
（图书出现印装问题，本社负责调换）